ALLONS

FAIRE FORTUNE

A PARIS!

PAR L'AUTEUR

DU MARIAGE AU POINT DE VUE CHRÉTIEN.

Or, ceux qui veulent devenir riches tombent dans la tentation et dans le piége, et en plusieurs désirs fous et nuisibles, qui plongent les hommes dans le malheur et dans la perdition.

(I Tim., VI, 9.)

Sixième édition.

TOULOUSE
SOCIÉTÉ DES LIVRES RELIGIEUX
DÉPÔT : RUE ROMIGUIÈRES, 7
1885

ALLONS

FAIRE FORTUNE

A PARIS !

PUBLIÉ PAR LA SOCIÉTÉ DES LIVRES RELIGIEUX
DE TOULOUSE.

TOULOUSE. — IMP. A. CHAUVIN ET FILS, RUE DES SALENQUES, 28.

ALLONS

FAIRE FORTUNE

A PARIS!

PAR L'AUTEUR

DU MARIAGE AU POINT DE VUE CHRÉTIEN.

> Or, ceux qui veulent devenir riches tombent dans la tentation et dans le piége, et en plusieurs désirs fous et nuisibles, qui plongent les hommes dans le malheur et dans la perdition.
>
> (I Tim., VI, 9.)

Sixième édition.

TOULOUSE

SOCIÉTÉ DES LIVRES RELIGIEUX

DÉPÔT : RUE ROMIGUIÈRES, 7

1885

Ceci n'est point une préface, c'est un mot que l'auteur tient à dire avant de commencer. A part le nom des personnes qui figurent dans ce récit, à part quelques détails qui ne changent en rien le fond même de l'histoire, tout *ce qu'on va lire est vrai; tout ce qu'on va lire, l'auteur l'a vu.*

Bien qu'il n'habite pas Paris depuis très longtemps, il aurait cinq ou six épisodes aussi lamentables, plus lamentables encore à raconter. Plus lamentables, car, tandis que, dans le cas dont il s'agit ici, Dieu poussa des personnes chrétiennes à secourir les infortunés dont on va connaître les rêves et les déceptions, presque habituellement les malheureux que l'ambition amène à Paris, que l'amour-propre y retient, que les privations y tuent, ces malheureux meurent sans consolation au monde, sans espérance pour la vie à venir.

On retrouverait dans ces tristes histoires toujours le même orgueil, toujours les mêmes illusions, toujours les mêmes alternatives de bien-être et de dénûment, toujours la même frivole imprévoyance, toujours les mêmes douleurs.

L'auteur voudrait pouvoir faire proclamer par la voix éclatante d'un archange ces lugubres vérités auxquelles on n'ajoute aucune foi, tant qu'elles ne se prouvent pas elles-mêmes aux incrédules par la souffrance et par la mort. En écrivant ce qu'il a vu, il a fait ce qu'il a pu ; il ne lui reste plus qu'à prier le Seigneur de bénir ces lignes ; si elles retiennent dans la vie honnête et laborieuse des champs quelques-uns des infortunés qui viennent chaque année souffrir et mourir à Paris, il en remerciera Dieu comme d'un immense bienfait.

ALLONS

FAIRE FORTUNE

A PARIS !

CHAPITRE PREMIER

ILLUSIONS, DÉPART.

— On végète ici... on ne vit pas ! s'écria un soir Léon Firmin en quittant brusquement le coin de la cheminée où, à demi renversé sur sa chaise, il avait passé près d'une heure sans mot dire.

Sa belle-mère et son beau-frère ne purent retenir une exclamation de surprise. Quant à sa femme, qui travaillait près de la table, elle se contenta de hausser les épaules et de lui faire un petit signe qui voulait dire : « Tais-toi ; ils ne te comprendront pas. »

— Oui, répéta Léon d'une voix plus forte, on végète ici, on ne vit pas !

Puis il fit deux fois le tour de la chambre à grands pas, et s'arrêtant devant le secrétaire où son beau-frère Charles Mandar additionnait le produit de ses ventes de la journée :

— Est-ce vivre, reprit-il en s'échauffant par degrés, est-ce vivre, que de peser du matin au soir du café et des chandelles dans un misérable petit bourg, comme vous le faites ici, Charles? Est-ce vivre, que de marcher derrière une charrue depuis l'aurore jusqu'au soir, comme le fait notre cousin Pierre? Est-ce vivre, que de coudre à la journée chez des paysans ou chez de pauvres bourgeois, comme le fait ma femme? Est-ce vivre que de s'adonner aux soins les plus grossiers du ménage, ainsi que le fait ma mère? Est-ce vivre que de travailler comme un nègre dans le bureau du percepteur qui vous paie comme un ladre qu'il est, puis de donner quelques leçons à 15 sous, ainsi que je le fais, moi?

Charles posa sa plume, Mme Mandar ses lunettes ; le premier regarda Léon avec un sourire d'amicale moquerie, la seconde avec stupéfaction.

— Vous me croyez fou, poursuivit Léon avec vivacité, vous me croyez fou, parce que ce soir, pour la première fois, je me plains à haute voix de ce qui me désole depuis que je me connais !...

— Vous ne me sembliez pas si malheureux, mon frère, interrompit Charles. Je vous l'avoue, quand je vous voyais rentrer le soir, apportant 30 à 40 sous dans votre poche, un bon appétit, une gaieté qui nous réjouissait tous, je ne me doutais pas qu'un chagrin profond vous dévorât le cœur... Il faut le dire pourtant, un mois après le départ de Bertaud pour Paris, votre humeur a changé, votre physionomie a pris quelque chose de triste, vous avez paru mécontent. Je ne savais à quoi attribuer ce changement d'humeur, et comme vous êtes le meilleur garçon du monde... sauf un petit grain d'amour-propre et d'entêtement, je me suis dit : « Bah ! ça passera ; ne lui laissons pas deviner que nous nous en apercevons : cela l'ennuierait, » et je me suis tu. Pas vrai, bonne mère, je l'ai dit ?

— C'est vrai, répondit sérieusement Mme Mandar.

— Eh bien, ma mère, s'écria Léon en se tournant vers elle, je suis fâché que Charlès se soit tu ; s'il avait parlé, je lui aurais fait part de mes projets, et maintenant vous ne seriez ni l'un ni l'autre scandalisés...

— Mon gendre, interrompit Mme Mandar, qui commençait à comprendre que quelque chose de grave et de fâcheux se préparait, mon gendre, expliquez-vous ; je suis prête à vous entendre, et j'espère que Dieu nous accordera à tous de nous exprimer avec douceur.

— Sans doute, ma mère, sans doute, reprit Léon d'une voix un peu altérée.

— Laisse-moi tout raconter à ma mère ! s'écria Marie, qui tremblait de voir Léon se livrer à sa vivacité naturelle.

Elle quitta son ouvrage, vint s'asseoir vers Mme Mandar, prit une de ses mains, et, un peu tremblante :

— Vous savez, commença-t-elle, vous savez qu'il y a dix-huit mois, Bertaud, se lassant de ne pas trouver d'ouvrage...

— I en trouvait, interrompit Charles, mais mon gaillard faisait le difficile ; monsieur ne voulait ni apprendre un métier, ni travailler à la terre, ni servir comme domestique, ni... que sais-je, moi?

— Enfin, ma mère, reprit plus vivement Marie, Bertaud se sentait des facultés qui restaient ici sans emploi. Sauveterre, vous en conviendrez, n'offre pas de grandes ressources à un homme intelligent, spirituel, comme Bertaud. Il partit donc, et, un mois après son arrivée à Paris, il nous écrivit une lettre... Va donc la chercher, Léon.

— Hé! qu'en est-il besoin, ma fille? dit avec un soupir Mme Mandar. Ne les sais-je pas par cœur, ces lettres qu'on écrit au moment du débotté? N'en ai-je pas lu, et par douzaines? Toutes promettaient monts et merveilles, puis, cinq ou six ans après, on voyait revenir en guenilles les gens qui les avaient écrites... quand ils revenaient.

Léon remit la lettre à sa femme.

— Écoutez-la donc, maman; celle-ci n'est pas comme les autres, reprit Marie : « Mon cher Léon, me voici dans la capitale du monde civilisé! Si tu savais quelle émotion on éprouve à se sentir au centre des arts, des plaisirs et du mouvement; dans ce foyer de toutes les lumières!!! Je ne suis arrivé que depuis un mois, et déjà je me vois en possession d'un superbe emploi : *secrétaire intime d'un prince russe!* Demain j'entre en fonctions. J'ai des amis sans nombre, tout le monde est serviable ici. On m'a apprécié du premier coup. Chacun a compris que je n'étais pas fait pour remplir une place subalterne dans la société. Par exemple, il n'y a pas grand'chose au fond de ma bourse; la vie est chère, il est nécessaire de se présenter convenablement, et puis il a bien fallu reconnaître par quelques petits cadeaux les bons offices des personnes qui s'intéressent à moi... Mais la fortune me sourit. Les douze heures de la journée, qui t'amènent une misérable pièce de 2 fr., m'apportent à moi 25 fr., en outre un logement magnifique, des serviteurs, une table exquise, etc., etc... Je ne veux pas te faire venir l'eau à la bouche.

» Léon, comment se fait-il qu'avec tes heureuses dispositions, tes connaissances en histoire, en littérature, en calcul, qu'avec ta superbe écriture et ta pratique des affaires, tu te soumettes à *végéter* toute une mortelle vie dans un trou? — Tu ne serais pas depuis quinze jours ici que tu trouverais une position plus avantageuse que la mienne; car, il faut te rendre justice, tu es plus sage que moi, tu as plus d'acquis. Mais ne dusses-tu pas la rencontrer, cette position, resteraient des leçons que tu donnerais à 5 fr. le cachet; et puis tu aurais bien du malheur si tu n'obtenais, au bout de deux ou trois semaines, quelque place de 1000 fr., dans les bureaux d'une administration. C'est moins que tu ne mérites, je le sais, mais ça vaut mieux que 2 fr. Ta femme, bonne ouvrière, entrerait tout droit chez *Palmyre* (la couturière à la mode); après un an au plus, elle s'établirait chez elle et gagnerait aisément 1000 à 2000 fr. net. — Ceci est de la raison, du calcul; mais si je te parlais des charmes de Paris... des spectacles, de l'élégance, de la gaieté! — Je me tais sur tout cela; je ne m'adresse qu'à ton bon sens; interroge-le et ne te courbe pas plus longtemps sous le coup de la médiocrité! »

— Grand Dieu! s'écria Mme Mandar en levant les mains vers le ciel et en les joignant fortement, grand Dieu ! oui, fais qu'il interroge son bon sens ; ne permets pas qu'il écoute cette voix perfide !

Puis, cédant à son émotion, frémissant à la vue du péril où étaient sa fille et son gendre, elle cacha sa tête dans son mouchoir et pleura en priant silencieusement.

Marie se jeta dans les bras de sa mère, tandis que Léon se promenait avec une impatience mal déguisée.

Quand la tranquillité fut un peu revenue :

— Cette lettre a dix-huit mois de date, reprit Charles avec beaucoup de calme ; je suis étonné que Bertaud n'ait dès lors écrit à personne.

— C'est singulier... murmura Marie après un instant de réflexion.

— Ce n'est pas singulier du tout ! s'écria Léon. Bertaud est sûrement parti pour la Russie avec le prince ; voilà la cause de son silence.

— Cela n'est pas si sûr, reprit Charles toujours avec sérieux et douceur ; mais ce qui m'étonne bien davantage, c'est que Bertaud ne parle ni des Michaud, ni de Fanny Delbène, ni de Paul Lemierre, ni de tant d'autres qui sont partis pour Paris depuis plusieurs années, et dont personne (à part deux ou trois lettres envoyées durant les premiers mois de leur séjour), dont personne ne sait plus rien ici.

— C'est, répondit Marie, bonne petite femme désireuse avant tout de plaire à son mari qui l'aimait tendrement, c'est qu'étant devenus riches, ils sont devenus fiers aussi; ils rougiraient d'avoir à se souvenir de leurs pauvres voisins, l'épicier et la couturière.

— Je n'en crois rien, répliqua Charles; mais, cela fût-il, voilà un beau résultat!... Périsse l'argent et les hautes positions, ajouta-t-il d'un ton grave, s'ils doivent me faire mépriser mes semblables!

— Mes enfants, mes enfants, dit Mme Mandar fortifiée par sa prière secrète, une grande tentation vous assiège; Dieu vous donnera d'en triompher, je l'espère. Léon, vous vous êtes laissé entraîner bien loin par votre imagination; mais, avec le secours du Seigneur, vous pouvez revenir sur vos pas. Marie, tu as été bien faible, mais le Seigneur peut t'affermir. Priez, mes enfants, priez; demandez au Saint-Esprit de vous diriger; il le fera.

— Ma bonne mère, reprit Léon d'un ton plus doux, je suis tout disposé à prier... Pourtant il y a des circonstances où la raison doit nous guider : elle nous a été donnée pour cela ; on peut, sans exiger que Dieu se mêle toujours de nos affaires, les conduire soi-même quelquefois...

— Que signifient donc ces paroles de l'Evangile : *Demandez et l'on vous donnera* : *heurtez et l'on vous ouvrira*; *cherchez et vous trouverez*... et celles-là : *Priez sans cesse*, et celles-là encore : *Tous les cheveux de votre tête sont comptés*... et tant d'autres qui nous montrent la volonté et l'amour de Dieu, s'exerçant dans les plus petits détails de notre vie?

— Elles sont pour nous un encouragement, mais...

— Elles sont un ordre, dit sérieusement Mme Mandar.

— Vous avez raison, ma mère, interrompit Charles qui, bien que pieux par instinct, ne possédait point encore une foi vivante. Vous avez raison, mais ce n'est pas précisément de cela qu'il s'agit. Comme vous, je conseille à Marie et à Léon de prier Dieu, d'implorer de lui une direction précise; moi-même je suis prêt à me joindre dès ce soir à eux pour cela; cependant, avant tout, je désire qu'ils ouvrent les yeux, qu'ils raisonnent, et qu'ils comprennent la folie d'un établissement à Paris.

Puis, se tournant vers Léon qui, les bras croisés, semblait écouter impatiemment son beau-frère :

— Vous m'avez parlé des succès de Bertaud, continua-t-il; je les admets, quoique je n'y croie guère. J'admets encore que Lemierre, que Fanny, que les Michaud aient fait fortune!... Mais ne reste-t-il pas Adolphe Lémon, qui revint, l'an dernier, mourir ici du mal de poitrine que lui avaient donné la faim et le froid? N'y a-t-il pas Rosman, qui, contraint par la misère de mendier et pris sur le fait, a été jeté en prison, et a trouvé de mauvais coquins qui l'ont débauché, en est sorti pour voler, y est rentré pour ressortir et voler encore; puis, de vol en condamnation, est arrivé au bagne, d'où il n'échappera que pour tuer, j'imagine? N'y a-t-il pas les époux Briguel?

Ceux-là mangèrent leur pain blanc le premier; ils s'établirent à Paris avec un luxe dont chacun était émerveillé; après trois ans de souffrances et d'humiliations, cependant, il fallut revenir ici, tomber à la charge des honnêtes gens, quêter de Pierre un vêtement, recevoir de Jean une aumône, et recommencer à travailler pour mettre un sou à côté d'un autre sou.

— Mon frère, interrompit sèchement Léon, on trouve à Paris selon ce qu'on y porte... Ce que je puis vous dire, c'est que vous n'aurez ni à rougir de moi, ni à me faire l'aumône!

— Mon Dieu! s'écria Marie avec un geste suppliant, calme-toi, Léon; ce n'est pas pour te chagriner que mon frère dit cela; seulement il ne comprend pas qu'on ne tombe que par sa faute. Adolphe Lémon est revenu malade, mais qui s'en étonne? ne sait-on pas qu'il a dissipé son argent et ruiné sa santé par des folies? Je ne suis point surprise non plus que Rosman ait fait une triste fin : c'était un étourdi et un paresseux. Quant aux Briguel, pourquoi ont-ils donné dans le luxe? pourquoi n'ont-ils pas commencé par travailler?...

Allez, mon frère, il n'y a qu'à éviter les pièges, qu'à se tenir ferme, et tout va bien, et l'on revient riche, honoré, chez sa bonne petite mère !

En finissant, Marie jeta ses bras autour du cou de Mme Mandar; mais celle-ci ne sourit pas; elle regarda tristement sa fille et lui dit :

— Tu as raison, mon enfant, il n'y a qu'à être parfait ! Cependant tu oublies les épreuves que Dieu nous envoie.

— Oh ! celles-là, Dieu y pourvoit lui-même !

— Sans doute, Marie, mais non comme tu te l'imagines.

Et Mme Mandar soupira. Elle croyait sa fille plus sensée, plus pieuse; il lui semblait que tant de soins auraient dû produire un autre résultat; les découvertes de cette soirée l'accablaient.

— Eh bien! reprit en riant Charles, qui n'aimait pas la tristesse, eh bien ! Léon, à quand le départ?

— Je ne sais trop, répliqua celui ci moitié plaisamment, moitié sérieusement; dans deux mois peut-être... à l'entrée de l'hiver.

Un grand silence suivit ces paroles. Charles

était stupéfait; il ne pensait pas que les choses fussent aussi avancées. Mme Mandar voyait les craintes qui l'assiégeaient depuis une heure se réaliser tout d'un coup, et, n'ayant pas la force de continuer ou de recommencer de tels débats :

— Faisons notre culte du soir, dit elle d'une voix altérée.

On s'assit; elle ouvrit la vieille Bible, lut avec gravité la parabole de l'Enfant prodigue, et, dans une prière où respirait cette tendresse mêlée de fermeté que le christianisme seul produit en nous, elle répandit son cœur devant Dieu.

Léon se raidit; la leçon était peut-être trop directe; et puis l'ambition, l'égoïsme forment d'impénétrables cuirasses au travers desquelles aucun trait ne pénètre dans le cœur. Marie pleura, mais Marie avait plutôt des tendances religieuses que des sentiments pieux; Marie était faible, Marie était séduite par la perspective d'un voyage à Paris; ses larmes la soulagèrent, parce qu'elles lui semblèrent une expiation du chagrin qu'elle causait à sa mère, et elle ne prit aucune bonne résolution, elle n'adressa même aucune prière précise au Seigneur.

On se retira ; le lendemain, les jours suivants s'écoulèrent dans une paix apparente, jusqu'au moment où Léon, fatigué du silence qui régnait sur un projet dont toutes ses pensées étaient occupées, provoqua de lui-même de nouvelles discussions ; alors, pendant deux mois environ, ce fut tous les soirs des scènes pareilles à celles que nous venons de raconter. Mme Mandar s'adressa plusieurs fois à Marie en particulier ; elle fit appel à son respect filial, à sa piété, à son bon sens ; Marie en pleura plus souvent, plus souvent aussi fut grondée par Léon qui, tout en la chérissant, se croyait très supérieur à elle, et rien ne changea. Un ami de la famille, un homme du christianisme le plus vrai, M. Dubois, eut de sérieuses conversations avec Léon : il chercha, par tous les moyens possibles, à le dissuader de son fatal projet, mais, voyant que Léon s'entêtait de plus en plus, que son caractère s'aigrissait, qu'il négligeait ses travaux, que le percepteur déjà l'avait congédié, tandis que plusieurs de ses élèves se préparaient à le quitter, sentant d'ailleurs qu'à l'âge de Firmin (trente-deux ans), on est, jusqu'à un certain point, son maître et qu'on assume en même temps la responsabilité de ses actes, M. Dubois avertit la mère Mandar qu'il cesserait ses démarches auprès de Léon, parce que, dit-il, une opposition trop opiniâtre lui ferait plus de mal que de bien, et que Dieu réservait peut-être à ce jeune ménage quelques expériences douloureuses mais salutaires.

Une dernière fois, on mit consciencieusement sous les yeux de M. et de Mme Firmin les dangers de l'entreprise; une dernière fois, Léon répondit à toutes les raisons par des déraisons, et d'une voix profondément triste mais résignée :

— Mes enfants, dit Mme Mandar, je ne vous approuve pas; je condamne du fond de mon cœur votre résolution, mais vous êtes libres; usez de votre liberté, et que Dieu ait pitié de vous!

Ni Léon ni Marie ne s'arrêtèrent à ce qu'il y avait de déchirant dans ces mots; on n'entendit que celui de *liberté*. Bien qu'on en usât, de cette liberté, en faisant de secrets préparatifs de départ depuis le soir où éclata pour la première fois l'idée d'un établissement à Paris, on éprouvait encore quelque répugnance à s'en emparer comme de vive force; maintenant qu'elle était accordée, on s'en saisit avec transport.

Léon, sans vouloir s'apercevoir du chagrin de sa belle-mère ou de l'air soucieux de Charles, Léon s'occupa ostensiblement et joyeusement à mettre ses affaires en règle. Contrairement aux avis de son beau-frère, il réalisa le petit héritage de sa femme pour l'emporter. On fit des provisions de linge; les ustensiles de ménage et les meubles, on devait s'en fournir à Paris. La pauvre mère, toute mécontente qu'elle était, se dépouilla pour grossir le trésor de sa fille. Marie tantôt riait, tantôt pleurait, puis contemplait avec orgueil les piles de draps, de nappes et de serviettes rangées dans la caisse, le gros sac d'argent caché au fond du secrétaire de son mari. Elle se voyait déjà couturière établie, avec de nombreuses ouvrières sous ses ordres; elle habillait de grandes dames; elle-même était vêtue comme une dame; il le fallait bien pour se présenter dans ces hôtels splendides. Qui sait? peut-être aurait-elle besoin plus tard, le nombre de ses clientes augmentant et leur rang s'élevant, d'un équipage, d'un très modeste équipage... D'abord elle irait en omnibus, puis elle prendrait des fiacres, puis il lui faudrait une voiture de remise, et puis des domestiques, et puis un grand appartement, et puis, et puis, elle battait la campagne.

Léon, qui se moquait de ces rêves orgueilleux, en faisait de plus extravagants. C'étaient non seulement des princes russes lui offrant des emplois de secrétaire, mais c'étaient des ministres du roi le plaçant dans leurs bureaux; on lui confiait un travail important, il s'en acquittait d'une manière triomphante; son *Excellence*, étonnée, le faisait venir dans son cabinet; émerveillée des connaissances qu'il déployait, elle le chargeait d'une mission délicate; il réussissait au delà de toute espérance; alors il faisait son chemin avec une rapidité qui l'effrayait lui-même; il devenait chef de bureau, il entrait au conseil d'Etat, on le nommait sous-préfet, préfet... et lorsque, dans son imagination, il en était là, ébloui, tremblant, ne pouvant croire à tant de félicité, il cachait sa tête dans ses mains et restait, durant des heures entières, absorbé par la contemplation de ses futures grandeurs.

De tels châteaux en Espagne n'étaient avoués ni devant Mme Mandar ni devant Charles; ils auraient fait pleurer l'une, rire l'autre; les époux se réservaient le plaisir d'en parler dans le tête-à-tête, et après la confidence de leurs mutuelles folies, ils croyaient s'aimer mieux parce qu'ils extravaguaient à l'unisson.

Cédant sur un seul point à sa belle-mère, Léon passa l'hiver à Sauveterre, afin d'avoir la belle saison à Paris; et le 1er avril, après avoir embrassé Mme Mandar, Charles et les voisins, il se mit dans la diligence avec Marie, en poussant ce cri joyeux : *Allons faire fortune à Paris!*

CHAPITRE II.

PARIS.

Pendant que Léon et Marie roulent dans une pesante diligence, que Mme Mandar s'est retirée dans sa chambre pour prier et pour pleurer en liberté, que Charles, combattant l'émotion par le travail, est retourné à ses affaires, nous ferons rapidement connaître au lecteur la position sociale du jeune ménage dont nous lui contons l'histoire.

Léon et Marie appartenaient à deux honnêtes mais pauvres familles de Sauveterre. Léon, resté de bonne heure orphelin et sans fortune, avait reçu, grâce à ses protecteurs, ce qu'on appelle une *éducation libérale*; c'est-à-dire qu'il avait effleuré beaucoup de sciences élémentaires, que l'activité de son intelligence lui en avait promptement fait saisir les notions générales, que son amour-propre lui avait encore plus vite fait croire qu'il les possédait à fond, et que son savoir qui, dans un village et avec le secours de bons amis, le plaçait assez haut, à Paris, et lorsqu'il serait abandonné à lui-même, devait le laisser dans une complète obscurité.

Mme Mandar, âgée, faible de santé, autrefois la femme d'un modeste cultivateur, vivait chez son fils Charles; celui-ci, près de se marier lui-même, s'était fait une loi de la protéger et de la soigner dans ses vieux jours; elle ne possédait rien, car son mari était mort sans tester; Marie avait reçu sa part de l'héritage paternel, et Charles, à la tête d'un fonds de commerce, gagnait au jour le jour de quoi nourrir sa mère, lui et des enfants lorsqu'il en aurait. Il comptait sur sa femme, bonne et simple couturière, ancienne compagne de Marie, pour l'aider à subvenir aux besoins du ménage.

Voilà quant au matériel de la famille.

Quant au moral, le chapitre précédent a

dû donner une idée du caractère de chacun de ses membres.

Mme Mandar possédait une piété très sincère, beaucoup de confiance en Dieu, la paix que donne l'assurance du salut en Jésus, tout cela un peu voilé cependant par un sentiment habituel de tristesse que de nombreux malheurs, la perte de son mari, de plusieurs fils, et, dernièrement, du petit enfant de Mme Firmin, lui avaient communiqué. Charles Mandar, parfaitement honnête, n'avait pas encore des convictions bien vivantes, et Léon, ainsi que Marie, se peindront eux-mêmes dans ce récit. Je dois dire seulement qu'avant la conception et la réalisation de ses projets ambitieux, Léon n'avait ni cette inégalité dans le caractère, ni ces impatiences, ni cette sécheresse qui lui nuiront sans aucun doute auprès du lecteur. Léon était un peu égoïste, comme nous le sommes tous; il avait beaucoup d'orgueil, comme nous en avons tous; il défendait obstinément les idées qui touchaient de près à son amour-propre, comme nous les défendons tous; enfin, il ne luttait qu'à de rares intervalles contre ses mauvaises tendances et ne les surmontait jamais complètement, comme il nous arrive à tous de le faire, tant que nous ne connaissons pas, tant que nous n'aimons pas le Sauveur.

Durant les premières heures du voyage, Marie resta plongée dans une profonde affliction; ses larmes redoublaient toutes les fois que Léon lui adressait la parole; en sorte qu'après quelques tentatives pour la distraire, celui-ci s'en remit au voyage du soin d'apaiser son chagrin.

Ce que Léon avait prévu arriva. Les mauvais côtés de l'entreprise s'étaient vivement représentés à Marie au moment de la séparation; elle avait entrevu les dangers auxquels elle s'exposait, ainsi que son mari; elle avait pressenti quels mécomptes, quelles souffrances les attendaient peut-être; mais ce qui l'avait le plus fortement saisie, c'était le souvenir des torts dont elle s'était rendue coupable envers sa mère. Sa mère qui l'aimait si tendrement, sa mère qui ne l'avait jamais conseillée que pour son bien, sa mère qui était malade, âgée..., elle la quittait pour un long temps, malgré ses avis, malgré ses prières! Et si le chagrin abrégeait les jours de Mme Mandar... si Marie ne devait plus la revoir! Une telle pensée, lorsqu'elle osait l'aborder, lui arrachait des sanglots. Cependant l'excès même d'une douleur qu'excite le travail de l'imagination s'oppose à sa durée.

Peu à peu, sans s'en apercevoir, Marie laissa ces lugubres tableaux pour passer à de plus riantes images. Elle se vit riche, élégante, revenant à Sauveterre avec Léon, avec deux jolis enfants nés à Paris; elle courait à la maisonnette de Charles; elle y trouvait sa mère bien portante, quoique un peu vieillie; on s'embrassait; Mme Mandar prenait les enfants sur ses genoux; elle les admirait; elle admirait sa fille, son gendre; on racontait les prompts succès de Paris; Mme Mandar disait, en secouant la tête : « Je m'étais trompée; Dieu vous a bénis. » Marie, au comble du bonheur, ne montrait aucune fierté; elle était amicale avec sa belle-sœur, affable avec ses anciennes compagnes, simple et bonne avec tous. Chacun s'écriait : « Voyez comme ces Firmin ont réussi! mais il faut avouer qu'ils le méritaient. » Enfin, tout allait au mieux, et tout allant au mieux, Marie, dont le beau rêve avait séché les pleurs, se mit à regarder par la portière. La distraction chassa quelques derniers vestiges de regrets; Léon se montra gai, affectueux, comme il l'était d'ordinaire quand tout marchait selon ses idées, et nos deux époux ne pensèrent plus qu'à Paris, ne parlèrent plus que de leur avenir.

Le voyage dura trois jours et deux nuits; c'était long pour des gens qui ne cheminaient guère en voiture. Marie se sentait brisée, Léon avait des douleurs dans ses grandes jambes; mais qu'était cela? on allait arriver!... On arriva en effet.

Il serait difficile de décrire l'émotion, l'enchantement de M. et de Mme Firmin. Les faubourgs leur avaient paru bien laids, bien sales; mais lorsqu'ils arrivèrent sur la place de la Bastille, devant la colonne de Juillet, lorsqu'ils parcoururent les boulevards intérieurs, ce fut chez Léon une admiration muette, contenue, comme il convenait à un homme supérieur; ce fut chez Marie une suite d'exclamations, d'étonnements naïfs qui excitèrent plus d'une fois le sourire de ses compagnons de voyage, qui, plus d'une fois aussi, arrachèrent à Léon un geste d'impatience.

Les boutiques splendides; les chapeaux, les bonnets de femmes élégamment disposés derrière les grandes glaces des modistes; les soyeuses étoffes qui tombaient en plis ondoyants devant les étalages des marchands de nouveautés; les pendules, les bronzes, les meubles, les porcelaines, tout cela se succédant avec rapidité; et puis la foule, le brouhaha, un escadron de lanciers qui passaient au grand galop, et dont les armes étincelaient, dont les rouges panaches se balançaient dans l'air; le convoi funèbre d'un pair de France, qui étalait ses tristes pompes sur le boulevard; ces objets et cent autres éblouirent si bien les yeux, captivèrent tellement l'attention de Léon et de Marie, qu'ils se trouvèrent dans la cour des diligences, sans trop comprendre comment ils y étaient venus.

Léon ne savait à qui s'adresser pour s'informer de l'*hôtel du Midi*, que lui avait recommandé un de ses *pays*. Découvrant enfin, au milieu des gens affairés qui allaient et venaient autour de lui, un pauvre boiteux qui cirait des souliers dans un coin, il résolut de lui demander quelques renseignements. Le boiteux, d'un regard, toisa Léon, sa femme, puis lui nomma rapidement quatre ou cinq rues qu'il fallait enfiler les unes après les autres pour arriver à *l'hôtel du Midi*, entremêlant si bien ses indications de *à droite*, *à gauche*, *à droite*, que Léon n'y comprit à peu près rien. Il avait retenu cependant le nom des premières rues, et se mit en marche avec sa femme. Marie, toute à l'admiration, ne songeait qu'à regarder, qu'à s'arrêter, qu'à s'extasier; mais Léon s'aperçut bientôt que les remarques à haute voix de Marie amusaient les passants; il en conçut de l'humeur et pressa le pas outre mesure, donnant de temps à autre un coup de coude à sa femme, pour la faire taire ou marcher plus vite.

Après bien des détours, bien des recherches inutiles, on parvint à trouver *l'hôtel du Midi*. M. et Mme Firmin y furent casés dans une sombre petite chambre qui donnait sur l'arrière-cour. Léon se livra à son impatience; il fit la leçon à Marie, lui reprocha ses questions, sa voix élevée, ses ébahissements provinciaux, et puis la quitta pour aller reprendre ses effets à la diligence.

Marie eut tout le temps de réfléchir ; quatre grandes heures s'écoulèrent avant le retour de Léon. L'*hôtel du Midi* n'était pas, comme celui de la *Croix-Blanche* à Sauveterre, situé sur une jolie place, en plein soleil ; l'hôte ne se montrait pas, comme celui de la *Croix-Blanche*, accueillant, serviable, toujours prêt à conter ses affaires, toujours disposé à écouter l'histoire des voyageurs. L'*hôtel du Midi*, placé dans une rue étroite, ne recevait qu'un jour gris et douteux, et l'hôte, après avoir conduit M. et Mme Firmin dans leur chambre, s'en était allé, ayant affaire ailleurs. Marie entr'ouvrit plusieurs fois la porte sans apercevoir personne ; elle resta solitaire, triste, pendant ces quatre mortelles heures ; et lorsque Léon rentra, elle ne put s'empêcher de lui sauter au cou, malgré quelque peu de rancune.

Il fut décidé qu'on ne demeurerait pas un jour de plus à l'*hôtel du Midi* ; que, dès le lendemain, on chercherait un petit appartement, qu'on s'y établirait et qu'on s'y meublerait. — Mais, ajouta Léon, tu ne peux sortir avec moi vêtue comme tu l'es, on se moquerait de nous. Il faut que tu te fasses habiller par une bonne couturière; la robe qu'elle te fournira te servira de modèle pour celle que tu confectionneras toi-même, et le temps que tu mettras à compléter ta toilette, moi je l'emploierai à choisir un logement, à faire l'emplette des ustensiles, des meubles, des provisions de première nécessité.

Marie poussa de gros soupirs à l'idée de rester encore seule tout un jour, peut-être deux, peut-être plus. Elle se soumit pourtant à ce que Léon appelait la raison, tout en trouvant cette raison bien sèche et bien froide.

Nous passerons rapidement sur l'ennui que ressentit Marie dans sa solitude, sur les désappointements de Léon qui trouvait tout plus cher qu'il ne se l'était imaginé, et nous dirons qu'après une semaine M. et Mme Firmin étaient casés rue de Valois, dans un joli petit appartement de deux pièces, meublé avec une certaine élégance.

Marie s'était plus d'une fois opposée à l'achat de tel ou tel objet trop coûteux ou presque inutile; le loyer de leur appartement (300 fr.)

était, pensait-elle, singulièrement élevé pour leur bourse; mais Léon lui avait si clairement démontré que les meubles conservaient toujours leur valeur; il lui avait si bien expliqué comme quoi il faut à Paris faire montre d'aisance, afin d'attirer la confiance des gens dont on a besoin, il lui avait si victorieusement prouvé que deux mois de travail suffiraient pour couvrir et au delà leurs déboursés, que Marie, convaincue et ravie de l'être, n'avait plus pensé qu'à jouir. Elle se complaisait dans l'arrangement de ses armoires; elle avait même imaginé quelques perfectionnements dont elle était toute fière, parce que Léon, le génie supérieur, n'en avait pas conçu l'idée. Il ne manquait rien à son bonheur; il y manquait d'autant moins, que maintenant elle pouvait sortir avec son mari, se promener avec lui aux Tuileries, voir avec lui les curiosités, aller avec lui au spectacle...

— Comment donc! mais ces gens étaient fous? s'écriera quelque lecteur sévère.

Ces gens, lecteur, n'étaient pas plus fous que tant d'autres, qui songent avant tout au plaisir, et poussent le devoir du coude.

Le soir même du jour où l'on avait soldé les dernières emplettes, on s'était assis auprès de la table, on avait compté l'argent qui restait dans le sac, on avait trouvé 500 fr., deux fois plus qu'on ne croyait posséder encore, et l'on avait déclaré, d'un commun accord, qu'avant de se mettre sérieusement à l'ouvrage, il était raisonnable de connaître Paris et de goûter à quelques-unes de ses séductions. Marie, d'ailleurs, n'avait-elle pas des objets à confectionner pour elle, des soins à donner à l'arrangement de son ménage ? Si elle entrait dès à présent chez Mlle Palmyre, tout resterait en désordre dans son intérieur. Léon, de son côté, trouvait sage de prendre quelque expérience du monde et d'observer le caractère parisien, choses d'autant plus nécessaires, que la carrière qui l'attendait lui était encore inconnue. On se promena donc, on visita les monuments, on fut au spectacle ; on dîna souvent au restaurant parce que cela laissait plus de temps, que le temps était précieux, et qu'à tout prendre, il en coûtait à peine davantage pour dîner là que pour dîner chez soi ; on observa, on s'amusa, dépassant chaque jour les limites qu'on avait fixées à la dépense, se promettant chaque soir de rester en deçà le lendemain; travaillant par accès, celle-ci à coudre, celui-là à préparer les pièces d'écriture et de calcul, les extraits de géographie et d'histoire, qui devaient donner la mesure de ses talents, et tous deux renvoyant de semaine en semaine le moment de songer sérieusement à l'avenir.

Si un tel genre de vie aplatissait la bourse, il ne restait pas sans influence sur l'âme des deux époux.

Chez Marie, la frivolité naturelle, la faiblesse de caractère s'étaient accrus; chez Léon c'était l'orgueil, l'inégalité d'humeur; chez tous deux la paresse.

Le théâtre, qui représentait à l'imagination de Marie des femmes toujours adorées, toujours obéies, souvent vicieuses et constamment séduisantes malgré les écarts de leur conduite, le théâtre effaçait peu à peu l'horreur qu'elle ressentait pour le mal; il excitait chez elle des exigences que Léon n'était pas disposé à satisfaire, et la rendait mécontente de lui, d'elle-même; tandis que les rapides succès, la fortune inespérée, les désordres des héros du drame moderne bronzaient la conscience de M. Firmin et triplaient son ambition en affaiblissant ses forces morales.

Au sortir de ces plaisirs, les époux, fatigués, chagrins, cachaient mal leur secret ennui ; un mot vif, un reproche adressé sans ménagement, amenaient des scènes fâcheuses ; on s'était créé un besoin factice d'émotion, qu'on satisfaisait au prix de la paix intérieure ; l'intimité, l'union s'enfuyait. Cela dura un mois et demi environ.

Pendant ce temps, M. et Mme Firmin n'avaient eu garde d'oublier leurs anciennes connaissances.

Le cousin Bertaud fut introuvable ; on ne se souvenait pas même de lui dans son ancien logement.

Quant à Fanny Delbène, lorsque Marie s'informa d'elle, le portier de la maison que, dans sa dernière lettre, elle indiquait comme sa demeure, haussa les épaules avec un sourire de mépris et répondit sèchement : — Je ne vous conseille pas de la chercher là où elle est.

Léon et Marie ne parvinrent qu'avec peine

à trouver les *Michaud.* Ils logeaient dans une petite rue située au fond du faubourg Saint-Marceau. M. et Mme Firmin montèrent au sixième étage, frappèrent à la porte de la chambre qu'on leur avait désignée, et reconnurent à peine la fraîche Mme Michaud, dans la femme pâle, maigre, qui vint leur ouvrir, un petit enfant sur les bras, tandis qu'un autre tenait le coin de sa robe.

La chambre était si exiguë que trois personnes suffisaient à la remplir. Mme Michaud s'assit sur le lit avec ses enfants, pendant que M. et Mme Firmin prenaient place sur les deux chaises qui formaient tout le mobilier de la chambrette.

Mme Michaud, qui, elle aussi, avait eu de la peine à reconnaître Léon et Marie sous leurs beaux habits de ville, laissa échapper une exclamation de surprise lorsqu'ils se nommèrent. On s'embrassa, on causa. Mme Michaud dit qu'elle avait beaucoup et longtemps souffert, manque d'ouvrage..., et manque de prévoyance, ajouta-t elle en soupirant. Elle n'entra pas dans de nombreux détails, il lui en coûtait de s'appesantir sur ses chagrins passés, sur sa gêne présente ; mais elle dit que sa santé était altérée, que celle de ses enfants ne la satisfaisait pas ; que son mari, qui travaillait en qualité d'ouvrier tanneur, gagnait, il est vrai, mais se fatiguait trop , et qu'ils n'avaient qu'un projet, qu'un désir : celui de retourner chez eux avec quelque argent pour subvenir aux frais du voyage et s'établir modestement à Sauveterre.

Léon , à qui ce récit déplaisait, moins parce qu'il excitait sa pitié que parce qu'il tendait à détruire ses illusions, Léon s'efforça de représenter sous de vives couleurs, à Mme Michaud, les avantages de la vie parisienne.

— M. Firmin , répliqua Jeanne Michaud en jetant un regard sur le beau châle et sur la jolie robe de Marie, je vois que vous êtes tous deux dans une position brillante ; Dieu vous la conserve !... Mais si vous saviez ce que c'est que le besoin à Paris, ce que c'est que la maladie, que le froid...

Elle allait poursuivre ; une sorte d'amour-propre la retint , elle se tut ; puis reprit en rougissant :

— Enfin, nous avons souffert... Ma santé

est détruite, celle de mon mari s'altère; nous retournerons au pays.

Marie aussi avait rougi, en entendant Jeanne parler de *position brillante.* L'entretien où peu à peu se glissait la contrainte, cessa bientôt, et l'on se sépara presque froidement.

La vue de cette petite chambre nue, de cette femme pâle et vêtue chétivement, ces tristes aveux surtout qu'arrêtait un reste de vanité, avaient profondément agité le cœur de Marie; sa compassion s'était fortement émue d'abord, puis un soudain retour sur elle-même l'avait plongée dans de sérieuses réflxions, presque dans le remords. Cette tristesse n'échappa point à Léon.

— Voilà des gens qui n'ont pas su se tirer d'affaire, dit-il d'un air dégagé.

— Est-il possible que vous parliez ainsi ? s'écria Marie. Pauvre Jeanne ! pauvres enfants !... quel taudis !... point de cheminée , rien sur les tablettes !... Léon , Léon, si nous arrivions là... si...

— Allons donc , c'est absurde ! interrompit Léon avec un éclat de rire contraint. Paul Lemierre et sa femme sont-ils réduits à la misère !... Voilà des personnes qui ont de l'esprit, du savoir-faire ! Le mari, maître d'hôtel du duc de P*** ; la femme, à la tête d'un grand atelier de modes ! Quant à moi, je ne te permettrais pas de prendre l'état de Mme Lemierre, c'est vrai, et je trouve Paul bien bon de se contenter de la place qu'il occupe... Dépendre ainsi de la volonté d'un autre... je ne m'y soumettrais pas, moi : mais enfin ils sont riches, ils ne logent pas sous le toit, ils n'attendent pas tout le jour un morceau de pain qui souvent manque le soir, ils peuvent s'accorder des jouissances et en procurer à leurs amis. N'est-ce pas eux qui nous ont fait connaître les plus jolis spectacles ? ne nous ont-ils pas donné des places à...

— Oui, interrompit Marie ; mais, en revanche, nous avons fait tous les frais d'une course avec eux à Versailles, d'une autre à Saint-Germain, de plusieurs dîners au restaurant, et de je ne sais combien de parties de plaisir.

— Qu'est ce que cela prouve ? s'écria Léon. Tu n'es pas à la hauteur de mon raisonnement. Voici ce que je disais et ce que je maintiens : c'est qu'avec du savoir-faire, de l'intelligence et de l'activité, on réussit et on réussira toujours à Paris.

Marie se tut; elle connaissait Léon et ne voulait ni l'aigrir ni le fortifier dans son opinion, ce qui arrivait fréquemment lorsqu'on discutait avec lui ; cependant, quoiqu'elle ne mesurât qu'avec respect la distance qui la séparait de son mari ; bien qu'à force de lui répéter qu'*elle ne pouvait le comprendre*, celui-ci l'eût pénétrée de la conscience de son infériorité, elle garda pour cette fois et sa manière de voir et ses tristes pensées.

A peine M. et Mme Firmin étaient-ils arrivés chez eux, que Léon s'écria d'un air aisé :

— Tiens, Marie, je vois que tu conserves de l'inquiétude; je vais compter l'argent et te montrer nos richesses !

Il prit le flambeau, alla à son secrétaire, tira le sac, fit une exclamation de surprise, compta une fois, deux fois, trois fois, et revint pensif en murmurant :

— C'est singulier, je ne comprends pas; je croyais... enfin, cela est... oui, cela doit être !...

— Quoi ! qu'y a-t-il ? interrompit Marie tremblante.

— Il nous reste 60 fr., dit Léon à voix basse.

— 60 fr. !

Marie poussa un cri et tomba sur sa chaise.

— Que signifie ceci? reprit Léon, qui donnait le change à sa propre émotion, en s'efforçant de réprimer celle de Marie au moyen d'un ton ferme, presque dur. Que signifie ceci ? Tout est-il perdu? Avons-nous pensé que tant de jours passés follement ne nous coûteraient rien? C'est une leçon ; recevons-la, soyons raisonnables; commençons à vivre de notre travail; mais ne nous désolons pas, mais ne faisons pas de scènes !

— Des scènes ! murmura Marie; oh ! non, mon ami, non, je ne fais pas de scènes; seulement l'avenir m'effraie; notre péché m'apparaît dans son horreur...

Léon haussa les épaules.

— Oui, poursuivit Marie, nous avons été coupables; nous avons donné dans tous les pièges que nous prétendions éviter; et maintenant, oh ! maintenant nous voilà presque réduits à la misère! Que ferons-nous, grand Dieu! si nous ne trouvons de l'occupation d'ici à une semaine?... 60 fr.!... oh! ma mère, ma mère!

Et Marie éclata en sanglots.

— Votre mère, dit sèchement Léon, votre mère, si elle était ici, vous défendrait de vous livrer à toutes les lubies de votre imagination; elle vous dirait de soutenir votre mari au lieu d'affaiblir son courage; elle serait énergique... et vous n'êtes que sottement épouvantée.

Marie, glacée par cet accent, regarda Léon, prit sa main et balbutia :

— Est-il possible!

Ce coup d'œil fit rentrer Léon en lui-même.

— Pardonne-moi, dit-il, après quelques instants de silence et de promenade dans la chambre. Pardonne-moi, mais sois forte, vois les choses comme elles sont... Surtout, crois-moi, quand je t'affirme que, loin de nous trouver dans une position désespérée, nous sommes à la veille des plus beaux jours.

— Comment cela? demanda Marie, que cette assurance faisait sourire à demi.

— Comment cela? parce que si, au lieu de

60 fr., il nous en était resté 150 ou 200, nous aurions continué à ne rien faire, tandis que nous voilà tout d'un coup rendus sages. Dès demain, tu te présenteras chez Palmyre, dès demain j'irai chez mon ami Lemierre ; nous verrons nos députés, les hommes influents que connaît le haut personnage qu'il sert, et après-demain nous serons à flot. Là, te sens-tu rassurée ? es-tu contente ?...

— Pas complètement, répondit Marie en riant tout à fait.

— Non !... Madame, vous mentez !... Eh bien ! pour te punir, tu vas écrire à ta mère ; elle en est encore à la lettre que tu lui envoyas deux jours après notre arrivée ; mets-toi là, et commence. Ne lui parle pas de nos fredaines, cela lui causerait de l'inquiétude, cela nous ferait gronder, et puisque nous voilà raisonnables, c'est inutile. Dis-lui en deux mots que nous avons vu Paris, que nous sommes établis à merveille, que nous touchons à la réalisation de nos espérances, que nous l'aimons beaucoup... et... voila tout.

— Faut-il parler de la lettre que nous avait remise M. Dubois pour nous recommander à ses amis ; tu sais, celle que tu n'as pas voulu porter ?...

— Celle qui devait m'attirer quelque sermon semblable à ceux de M. Dubois ?... Non, non : qu'elle reste au fond de tes cartons... Va, écris ce que je t'ai dit, rien de plus.

La lettre terminée, les époux causèrent encore un moment, firent de beaux plans d'économie, se promirent de travailler sans relâche, se rassurèrent en supputant la valeur de leur mobilier, de leur linge, de leurs hardes, de leurs modestes bijoux, et s'endormirent pleins de cette douce certitude : *qu'on ne meurt pas de faim à Paris.*

CHAPITRE III.

RECHERCHES.

Dès le jour suivant, Léon et Marie se mirent sérieusement en quête de travail.

Léon, qui ne prétendait à rien moins qu'à une place de secrétaire chez quelque duc et pair, ou qu'à un emploi dans les bureaux d'un ministère, Léon fut présenté par son ami Lemierre à deux ou trois hommes d'un rang élevé.

Une semaine ne s'était pas écoulée cependant, que Paul Lemierre, se lassant d'escorter et de recommander M. Firmin, déclara que ses occupations ne lui permettaient plus de l'accompagner, et le laissa voler de ses propres ailes, après lui avoir donné l'adresse de quelques personnes influentes.

Qui dira les ennuis que Léon dut subir? qui dira les humiliations qu'il lui fallut supporter? Son amour-propre eut bien plus à souffrir de la réception hautaine des uns, de la dédaigneuse protection des autres, de l'indifférence de ceux-ci, des refus de ceux-là, que de la position médiocre, subalterne, qu'il avait à Sauveterre. Rien de tout cela pourtant ne lui fit ouvrir les yeux. L'avenir, cet avenir si riche de promesses, n'était-il pas là? Demain, après-demain, le mois suivant, ne devaient-ils pas lui amener l'accomplissement de tous ses désirs?

Il était mal reçu; plus souvent point reçu du tout. M. le député disait son crédit baissé, et faisait entendre à M. Firmin qu'en eût-il, il l'emploierait à pousser des hommes plus importants que lui, à mener à bien des affaires plus sérieuses que celles d'un ambitieux. M. le marquis, après avoir laissé Léon se morfondre quatre jours de suite dans son antichambre, le recevait un matin debout, écoutait négligemment sa requête en lisant le journal, et prenant du bout des doigts la pétition que lui présentait le solliciteur, il murmurait: « C'est bien, nous verrons; » puis, le regardant à peine, lui indiquait d'un geste que l'audience était terminée. Un troisième, brusque mais sincère, après avoir demandé à M. Firmin sur quels droits il s'appuyait pour postuler, ce qui le distinguait de tant d'autres, tous désireux de faire fortune et tous médiocres comme lui, lui déclarait nettement que ses prétentions étaient folles, qu'il ne les encouragerait jamais, et qu'il n'avait qu'un conseil à lui donner, celui de retourner au plus vite dans son village. Un quatrième l'éconduisait poliment avec ces vagues promesses qui équivalent à un refus formel... Et Léon ne se rebutait point, Léon s'opiniâtrait, Léon, chose plus étrange! Léon acceptait sans honte ce rôle de quêteur obstiné, qui condamne à un si complet abaissement celui qui l'adopte par ambition.

Ce n'est pas que son orgueil ne se révoltât. Que de fois, le soir, lorsqu'il rentrait chez lui et qu'au regard interrogateur de Marie il n'avait qu'un mot à répondre : « Rien! » que de fois ne s'était-il pas indigné contre ce qu'il appelait *l'insolence des grands*, *l'égoïsme des riches*, *l'injustice de la société!* Les grands, ils étaient impardonnables de ne pas deviner la noblesse du génie sous un nom roturier et des formes modestes Les riches, ils aimaient mieux entasser vilainement leur or que de doter l'humanité des travaux d'un esprit supérieur. La société, oh! la société! malédiction sur elle, qui ne sait pas donner dix ou vingt mille livres de rente au talent méconnu!

Ces déclamations, que Léon prenait toutes faites dans le premier mauvais journal venu, ces déclamations satisfaisaient apparemment son orgueil blessé ; car, le lendemain, ce même homme qui semblait la veille pulvériser d'un regard toutes les grandeurs humaines, ce même homme fatiguait de nouveau les gens en place, les riches, les nobles, et, de nouveau, s'attirait par ses importunités des paroles sévères ou des refus.

Qu'on ne dise pas : c'est la dureté, c'est la morgue des classes supérieures qui abaissait ainsi le caractère de Léon. Ce qui l'abaissait, c'était sa vanité. Le besoin d'un morceau de pain, la soif du travail lui faisaient-ils accepter une position si tristement dépendante ?... Non, cent fois non. Le désir passionné de s'élever au-dessus du rang où Dieu l'avait mis, le désir passionné d'arriver à toutes les jouissances de la fortune sans peine, sans labeur, de plein saut : voilà ce qui le soumettait à une véritable dégradation morale !

L'humeur de Léon s'altérait ; ces humiliations qu'il ne voulait pas s'avouer, la possibilité du renversement final de ses espérances, qu'il ne voulait pas admettre, tout cela l'aigrissait insensiblement, et sa gaieté, qui n'avait rien de naturel, affligeait plus Marie que ne le faisait l'expression de son dépit.

Pauvre Marie ! elle aussi avait rencontré des dédains ; elle aussi avait vu s'évanouir bien des illusions. Chez Palmyre on l'avait renvoyée sans prendre la peine d'écouter sa requête ; chez une autre, même accueil et même succès. Elle avait parcouru maints ateliers de couture : ici l'ouvrage manquait, là les employés surabondaient, plus loin on demandait à Marie d'où elle venait, quelles recommandations elle pouvait produire ; et lorsqu'elle prononçait le nom très inconnu de *Mlle Richard*, tailleuse à Sauveterre, on chuchotait, on riait, et Marie avait à peine le courage d'attendre un refus formel. De guerre lasse, elle avait prié Mme Lemierre de la recevoir dans son magasin de modes ; Mme Lemierre, en faisant une moue significative, s'était récriée sur la rareté des clientes, sur le nombre d'ouvrières inutiles qui restaient à sa charge, et Marie avait compris qu'il était inutile d'insister. Son cœur se serrait souvent, hélas ! Quand des mots indifférents ou durs venaient répondre à une demande timidement faite, elle avait peine à retenir ses larmes. Et puis, elle ne conservait pas les mêmes illusions que M. Firmin. Celui-ci parvenait fréquemment, il est vrai, à la rassurer, à l'égayer ; mais lorsqu'il se trouvait absent, lorsque Marie, après s'être fatiguée tout le jour en vaines recherches, songeait que Léon, de son côté, s'épuisait en courses inutiles ; lorsque le soir venait et qu'ils n'avaient ni l'un ni l'autre rien de nouveau à se communiquer, oh ! alors Marie, qui sentait les jours s'enfuir et la pauvreté s'avoisiner, Marie tombait dans un profond découragement. Elle pensait à sa mère ; il lui semblait encore entendre ces conseils dont la sagesse ne lui était que trop prouvée, et, pour comble de malheur, c'est à peine si elle savait se mettre parfois à genoux, implorer la pitié du Père céleste, ouvrir la Bible que M. Dubois lui avait donnée. Marie ne connaissait encore Dieu que comme un juge ; elle n'avait pas compris l'amour qu'il nous a témoigné en nous envoyant son Fils ; sa conscience la reprenait rudement, et elle avait peur de s'approcher de Celui en qui elle eût trouvé toute miséricorde, toute consolation.

Bien que M. et Mme Firmin eussent vécu avec une extrême sobriété, les 60 fr. qui restaient au fond du sac n'avaient pu suffire à les alimenter durant un ou deux mois de recherches infructueuses. Quelques malaises de Marie, symptômes d'une grossesse peu avancée, avaient exigé les visites du médecin, l'achat de remèdes ; peu à peu on avait retranché, dans les dépenses habituelles, tout ce qui n'était pas le strict nécessaire ; bientôt le strict nécessaire lui-même avait subi des modifications nombreuses, jusqu'au moment où la bourse se trouvant tout à fait vide, où le boulanger demandant impérieusement à être payé, il avait fallu faire argent de quelque chose.

Les meubles, le linge s'étaient tout naturellement présentés à l'esprit des deux époux. Léon avait déclaré que son secrétaire et deux ou trois chaises étaient parfaitement inutiles : « Ils encombrent l'appartement, » disait-il, et Marie les avait vendus en soupirant, tout étonnée de n'en tirer que le quart du prix d'achat. Mais c'était de l'argent, c'était du repos, c'était du pain; et pour Léon, c'était un redoublement de chimériques espérances et de sécurité.

Les rapports de M. et de Mme Firmin perdaient chaque jour de leur douceur; Léon, secrètement inquiet, ne pouvait supporter de voir sur le visage de sa femme la trace d'appréhensions qui le tourmentaient lui-même. Lors même que Marie ne parlait pas, son regard triste, le sourire de doute qui accueillait souvent les rêves de M. Firmin froissaient celui-ci parce qu'ils lui semblaient un reproche. Tout est condamnation pour le coupable endurci dans ses fautes.

Un soir, après une journée passée comme à l'ordinaire sans occupations, dans la solitude, Marie avait prononcé le nom de Sauveterre ; un gros soupir s'était échappé de ses lèvres :

— Ah ! si nous y étions encore ! avait-elle murmuré.

Léon alors s'était livré à la violence de son caractère. Pour lui comme pour elle, la journée avait été pénible. Sa conscience lui avait crié plusieurs fois : « Retourne à Sauveterre ! » Aux premiers mots de Marie, elle s'était réveillée pour lui répéter plus fortement cette instante injonction, et il l'avait forcée de se taire comme il y avait contraint Marie, par une explosion de colère, telle qu'il s'en fait chez ceux-là seuls qui se sentent dans le mal et qui veulent y rester.

Marie avait bien essayé de reprendre avec son mari le culte qu'à Sauveterre ils faisaient chaque jour, et qu'à Paris les plaisirs d'abord, les fatigues ensuite, et enfin les soucis avaient interrompu, puis détruit. Léon, qui, la première fois, s'y était prêté d'assez mauvaise grâce, la seconde avait éludé la proposition, et la troisième s'était formellement refusé au désir de sa femme. Comment trouver la paix dans une union où Christ, prince de la paix, n'est pas?.... Il n'y en avait guère dans notre pauvre ménage. On se querellait, on se raccommodait, il est vrai, mais le cœur conservait de la rancune, et le pardon n'empêchait pas les récriminations irritantes. Il eût fallu prier ensemble, confesser ensemble ses fautes devant Dieu, demander ensemble des directions au Saint-Esprit ; mais Léon fuyait toute conversation pieuse, Marie n'osait plus les faire naître, et chacun, outre le chagrin que lui causait la gêne présente, outre les appréhensions que lui inspirait l'avenir, chacun sentait un mécontentement profond, une amère tristesse ronger son cœur : la tristesse et le mécontentement que produit l'absence de Jésus !

Vers ce temps-là, c'est-à-dire en septembre, la fortune sourit tout à coup à Léon. On vint l'avertir qu'un riche négociant avait été subitement abandonné par tous ses employés à la suite d'une scène très vive, qu'il se trouvait dans l'embarras, et que Léon, s'il se présentait à lui, obtiendrait probablement une place dans ses bureaux. Léon courut chez M. Thierry (le négociant en question), trouva un homme à la physionomie colérique, à la parole brève, qui l'examina d'un coup d'œil, lui posa un problème de calcul, lui donna cinq minutes pour le résoudre et qui, après avoir parcouru son travail, lui dit, d'un ton légèrement radouci :

— Je vous offre 200 fr. par mois ; vous arriverez ici à sept heures du matin, et n'en partirez pas avant six du soir ; vous serez exact, actif, régulier... le moindre écart à la règle établie, la moindre erreur dans vos livres nous brouilleraient... Je suis vif... si vous me supportez, vous ne vous en repentirez pas.

Deux mois auparavant, Léon aurait cru déchoir en acceptant de telles propositions ; il aurait hésité, refusé très probablement ; mais aujourd'hui, aujourd'hui qu'il n'était pas sûr de demain, que l'affreuse misère frappait à sa porte, que Marie se trouvait dans un état de grossesse qui, prochainement, demanderait des soins coûteux, aujourd'hui il n'y avait qu'une chose à faire : accepter avec reconnaissance ; c'est ce qu'il fit.

On juge de la joie du retour. « Enfin, une place, je la tiens ! elle est à moi, bien à moi ! »

Et les questions, et les réponses, et les douces moqueries de Léon. « Non, jamais je ne devais réussir, » disait-il en se promenant ou plutôt en dansant autour de la chambre. Il fallait retourner à Sauveterre, nous allions mourir de faim, qui sait? mendier peut-être! » Quand Marie demandait si le patron avait l'air bien méchant, Léon, qui le voyait en beau, appelait *rondeur* la brusquerie de M. Thierry, et s'indignait contre les gens qui avaient pu laisser là un si brave homme, un homme vif, il est vrai, mais bon, très bon au fond.

Les deux premiers mois tout alla bien. M. Thierry paraissait rarement dans ses bureaux, et comme Léon était intelligent, qu'il se donnait beaucoup de peine, M. Thierry semblait satisfait. D'ailleurs, l'abandon total où l'avaient laissé ses employés était encore présent à l'esprit du négociant; il se surveillait lui-même, et ne donnait que rarement passage à quelque bourrasque d'humeur. « Alors, » disait Léon, « on ouvre son parapluie, et, l'orage passé, tout n'en va que mieux. »

De son côté, Marie, par un bonheur inouï,

avait trouvé quelque ouvrage. Dans un moment de presse, la directrice d'un des ateliers de couture où elle s'était présentée avait songé à elle ; elle s'était souvenue de son air souffrant, de ses manières timides ; elle lui avait confié une robe, et, contente encore plus de sa docilité que de la perfection de son travail, elle l'employait assez régulièrement.

Tout allait donc à souhait. On en profita pour écrire à Mme Mandar. On se garda bien de lui parler des mauvais jours : c'eût été humiliant, et d'ailleurs à quoi cela servait-il, puisqu'on les avait déjà oubliés, puisqu'ils ne devaient plus revenir? On s'étendit sur la prospérité actuelle, on l'exagéra même un peu pour rendre le triomphe plus complet. Par degré, l'aisance revint dans le ménage. On racheta le secrétaire et les chaises qui *encombraient* l'appartement. M. Firmin renouvela quelques-uns de ses vêtements, afin, dit-il, de se faire respecter par son patron et par ses camarades ; Marie trouva que la femme d'un si haut personnage ne pouvait se passer d'une robe de soie, d'un mantelet à la mode ; Léon, qui demeurait tout le jour sans manger, revenait le soir avec un appétit féroce qui exigeait une table assez bien garnie, et peu à peu le luxe, les *nécessités inutiles* rentrèrent dans la maison.

Elles n'y rentrèrent pas seules. Au temps de l'inquiétude, on s'était promis de renoncer pour jamais aux plaisirs coûteux, de borner toutes les distractions à la promenade du soir; mais la promenade, c'est toujours la même chose. Léon, après un travail assidu, Marie, après une journée d'isolement et de travail aussi, avaient tous les deux besoin de plus que cela pour se *défatiguer*; on s'accordait donc le spectacle et quelques parties de divertissement en compagnie des amis... car, avec la prospérité, ils étaient revenus.

Deux cents francs suffisaient-ils donc à tout cela? Non, il s'en fallait même de beaucoup, mais Marie gagnait quelques sous de son côté, puis on prenait à crédit, on payait des acomptes, et on allait en avant, appuyé sur l'avenir.

Il faut le dire, dès la première semaine d'aisance, Marie avait proposé de placer chaque lundi 15 fr. à la caisse d'épargne; cependant, comme Léon trouvait toujours à cette somme un emploi préférable, on renvoyait au lundi suivant; de telle sorte qu'à l'époque dont nous parlons on en était à renvoyer encore.

Le chagrin réveille la conscience, le bonheur l'engourdit trop souvent; celle de Léon ne disait plus rien, celle de Marie se faisait à peine entendre. Mme Firmin avait quelquefois prié, quelquefois lu les saints Livres durant les moments d'inquiétude; maintenant, si elle prononçait une prière, c'était de mémoire, et si elle ouvrait son Evangile, deux ou trois versets à peine effleurés de l'œil suffisaient à sa dévotion. Les époux se voyaient peu, songeaient surtout à se distraire lorsqu'ils étaient réunis, et ce trouble, cet oubli du côté sérieux, des devoirs de la vie ils l'appelaient *bonheur*.

CHAPITRE IV.

RECHUTES.

Un matin, comme il entrait dans les bureaux de M. Thierry, Léon surprit un sourire moqueur sur quelques figures ; il demanda ce que signifiait un tel accueil, et un petit commis à la physionomie espiègle murmura tout bas :

— Cela signifie, monsieur Léon, que vous allez recevoir une *fameuse danse!*

Au même instant, le premier employé du négociant sortit du cabinet de ce dernier :

— Monsieur Firmin, dit-il, voici deux heures que le patron vous attend ; passez chez lui.

Léon se redressa, puis entra fièrement chez M. Thierry.

La veille il était resté fort tard au spectacle ;

le sommeil l'avait retenu le matin ; il se sentait dans son tort; mais il se raidissait.

M. Thierry, assis dans son fauteuil, le front plissé, l'accueillit par un : « Ah ! enfin ! » qui aurait glacé tout autre que Léon.

— D'où vient ce retard ? demanda le patron d'un ton impérieux et bref.

— J'ai veillé hier, répondit sèchement M. Firmin.

— Où cela ? pourquoi cela ?

Léon resta muet.

— Je vous demande, monsieur, reprit M. Thierry d'une voix irritée, je vous demande ce que vous avez fait hier au soir.

— Monsieur ! répliqua Léon tremblant d'indignation, mais croyant se modérer encore, il me semble qu'une fois hors de ces bureaux, je ne dois compte de mes actions qu'à moi-même !... Si vous tenez à savoir où j'étais cependant, je vous le dirai : j'étais au spectacle.

M. Thierry se leva violemment, poussa son fauteuil, et se promenant à pas précipités :

— Ah ! monsieur va au spectacle ! monsieur, hors de mes bureaux, ne doit compte de ses actions à personne ! monsieur, pour se divertir, me fait manquer une spéculation ! monsieur prend avec moi des airs d'indépendance, d'insolence même...

— Je ne supporterai pas ceci ! s'écria Léon hors de lui.

Le négociant s'arrêta, fixa sur le jeune homme un regard de dédain, puis croisant les bras :

— Monsieur Firmin, dit-il d'une voix contenue, passez à la caisse, faites-vous payer et ne reparaissez jamais devant moi.

Léon sortit la tête haute, le cœur labouré par mille sentiments contraires ; il lui fallut traverser les bureaux et son unique préoccupation fut de se montrer insouciant ; l'orgueil, plus que le vrai courage, lui en donna la force ; mais une fois dans la rue, tout, espérance déçue, humiliation, colère, tout, avec les horribles menaces de l'indigence, tout vint fondre sur lui. Il marcha rapidement jusqu'au bois de Boulogne sans savoir où il allait ; il se jeta sous un arbre, et là, des pensées haineuses, folles, coupables, assaillirent son âme. Il voulait se venger ; puis il voulait se tuer ; puis il s'irritait contre lui-même ; puis il s'en prenait à la faiblesse de Marie, qui ne savait ni lui résister ni le conseiller; puis, regardant avec mépris les 50 fr. qu'il venait de recevoir, unique ressource pour un temps d'oisiveté, dont il ne pouvait mesurer la durée, il s'indignait contre l'injustice *du sort*... il n'osait dire *de Dieu*. Pas une fois le sentiment vrai, le sentiment chrétien de ses torts n'émut son cœur ; il s'indignait contre lui-même, mais plus par violence que par humilité; c'était son étourderie qu'il déplorait, c'était son aveu à M. Thierry ; ce n'était ni la négligence, ni les paroles emportées, ni l'abandon du Seigneur, qui l'avaient conduit là. Il ne pria point, il ne pleura point sur son péché, et son âme, profondément altérée, ne connut pas la joie du pardon, la paix qui succède à la tristesse selon Dieu.

Cependant la nuit descendait, la fraîcheur du soir avait calmé le sang de Léon ; il revint. — Pauvre Marie! depuis longtemps elle l'attendait.

La veille, on avait arrangé une partie de plaisir. Paul Lemierre et sa femme étaient venus chercher M. et Mme Firmin; il avaient attendu Léon, s'étaient lassés; et Marie, après les avoir vus partir, non sans dépit, après s'être impatientée et contre Léon qui n'arrivait pas et contre M. Thierry qui ne le laissait pas revenir, Marie commençait à s'inquiéter sérieusement. Tout à coup, elle entendit les pas de M. Firmin, puis la clé qui tournait dans la serrure ; elle s'élança au devant de lui ; la pâleur, la contraction des traits de son mari l'épouvantèrent.

— Seigneur ! qu'est-il arrivé ? s'écria-t-elle plus pâle encore que Léon.

— Rien, répondit M. Firmin ; je n'ai plus de travail... je suis renvoyé... voilà tout.

Puis il jeta les 50 fr. sur la table avec un dédain mêlé de colère.

Marie poussa un cri ; elle serait tombée si Léon ne l'avait retenue ; toute la tendresse de celui ci se réveilla ; l'état où se trouvait Marie, les suites que pouvait amener pour elle une si douloureuse émotion se représentèrent vivement à son esprit pour le pénétrer de remords. Il transporta Marie sur son lit, il s'efforça de la consoler, de la fortifier ; Marie se remit un peu, mais ce coup inattendu ébranla fortement sa santé.

On le comprend, dans le récit que fit Léon à sa femme, M. Thierry ne fut point épargné. Marie ne parvenait pas à calmer les mouvements de haine que ce nom seul excitait chez Léon ; elle lui arracha cependant des promesses de modération, de prudence, et tous deux s'endormirent, l'un brisé par la fatigue, l'autre par le chagrin.

Le lendemain, Marie, réveillée de bonne heure, réfléchit sérieusement à sa position ; elle sentait la nécessité d'une réforme, mais, accoutumée à n'employer son influence auprès de Léon que lorsqu'il s'agissait de satisfaire un caprice, elle eut à peine le courage de proposer un plan de retour à la piété et à l'économie.

Hélas ! les désirs religieux de Marie venaient plus de la crainte que de l'amour, et quant à l'économie, il fallait moins se préoccuper du soin de l'établir que du soin d'échapper à la faim et au froid.

Lorsque, rappelant à Léon leur coupable négligence de la prière, de la lecture des saints Livres, Marie lui demanda de méditer avec elle, de s'agenouiller avec elle chaque matin devant Dieu, celui-ci répondit : « *Nous verrons*, » d'un air qui ferma la bouche de la faible Marie ; et lorsque, songeant au terme de loyer qui s'approchait, elle parla de prendre un appartement moins coûteux, Léon lui prouva que changer dans ce moment, c'était mettre le propriétaire en défiance, c'était se discréditer auprès de tous leurs protecteurs et de tous leurs amis. Marie se tut, et dès lors commencèrent des privations dont chaque jour accrut le nombre.

Plus que jamais Léon défendit à Marie d'informer Mme Mandar de leur triste situation ; plus que jamais il lui ordonna de cacher à tous les yeux leur pénurie... Sous un prétexte ou sous l'autre, M. et Mme Firmin refusèrent de prendre part aux divertissemsnts de leurs amis, et ceux-ci, qui pressentirent vite la véritable cause de tant de sagesse, espacèrent leurs visites, et bientôt s'éloignèrent tout à fait.

Marie avançait dans sa grossesse : elle souffrait, travaillait au delà de ses forces, et ne prenait qu'une nourriture grossière, qui fatiguait son estomac sans le sustenter. Les 50 fr. de Léon n'avaient pas duré longtemps ; de nouveau on avait eu recours à la vente des meubles ; mais cette fois ce n'était pas seulement quelques chaises inutiles qu'avait vues partir Marie, c'était le mobilier complet du cabinet de son mari, c'étaient les trois quarts du sien, c'était sa jolie et reluisante batterie de cuisine presque tout entière.

Décembre commençait ; il faisait un froid sec qui convenait parfaitement aux promeneurs des Champs-Elysées et du bois de Boulogne, mais qui congelait jusqu'à la moelle des os les indigents relégués dans les sombres réduits de la misère. Marie avait fermé sa cheminée ; elle faisait cuire la maigre pitance du jour sur un poêle de fer, qu'elle n'allumait guère qu'un peu avant l'heure du repas. A peine ses pauvres doigts pouvaient-ils tenir l'aiguille. Léon courait, s'offrait, cherchait des protecteurs et n'en rencontrait point. Il usait des souliers, trouvait quelques écritures à faire ici ou là, rentrait de plus en plus aigri et fuyait cette intimité conjugale, ces rapports religieux, qui seuls eussent pu faire rentrer la paix dans son âme en y ramenant l'humilité. Bientôt Marie ne put plus remplir qu'à demi la tâche que lui imposait la couturière ; les ressources en diminuèrent d'autant ; il fallut recourir au mont-de-piété.

Hélas ! ce n'était pas la première fois. Un dimanche, dans le temps de la prospérité, un dimanche que la bourse était vide, que le soleil était radieux, que les amis Lemierre, arrivant de bon matin, avaient proposé une course à Montmorency, après s'être défendus contre la tentation de manquer au culte divin pour les accompagner, et de passer dans de bruyants plaisirs la journée que Dieu s'est réservée, Léon et Marie avaient cédé, puis, le lendemain, porté la montre avec les boucles d'oreilles au mont-de-piété, afin de rembourser M. et Mme Lemierre. « Nous ne les vendons pas, » s'étaient dit les époux, « nous les déposons ; dans huit jours nous viendrons les reprendre ; personne ne le saura... Et d'ailleurs, à quoi servent ces bijoux, le plus souvent cachés au fond d'un tiroir ? » Ce moyen de faire de l'argent une fois trouvé, on s'en était servi de nouveau, toujours avec les mêmes raisonnements, toujours avec la même certitude de reprendre les objets mis en gage... Cependant, on n'avait encore touché ni au linge, ni aux hardes; et maintenant!... Maintenant, il fallait du bois, il fallait du pain, il fallait apaiser par quelques acomptes des créanciers impatients qui iraient sans cela révéler au propriétaire la pénurie du ménage, et Marie, le cœur oppressé de tristesse, remit à Léon, pour les porter au mont-de-piété, d'abord ses belles nappes et ses jolies serviettes, puis ses draps, puis une grande partie de son trousseau et de celui de son mari. Bientôt il ne lui resta plus que deux draps, un peu de linge, une robe de rechange, un châle, un chapeau, et à Léon l'équivalent à peu près. Elle frémissait en songeant à ses couches!

Marie, obéissant aux ordres de M. Firmin, ne laissait plus entrer personne dans sa chambre; la nudité de cette pauvre demeure aurait vite appris aux visiteurs ce que Léon voulait cacher avant tout. Lorsque Marie sortait, il examinait attentivement sa toilette, afin de voir si rien en elle ne décelait leur indigence; rencontraient-ils une ancienne connaissance, Léon prévenait toute question en parlant de l'aisance dont il jouissait et des belles espérances qu'il cultivait.

— Tromper ! Toujours tromper !... s'écriait parfois Marie : que c'est cruel et que c'est coupable ! Vois-tu, mon ami, quand tu me forces à sourire d'un air heureux, à déguiser mon dénûment sous cette robe de soie mince et froide, sous ce chapeau orné de fleurs fanées, tu me fais souffrir, et tu me fais pécher. Oui, je sens que j'offense Dieu ; je mens aux autres et je me mens à moi-même !

— Ma pauvre enfant, répondait Léon en haussant les épaules, tu n'entends absolument rien aux affaires de ce monde ; tu ne sais pas que la pauvreté calomnie ; tu ne sais pas que, pour réussir, il faut avoir l'air d'être heureux... Occupe-toi à coudre, et laisse-moi le soin de diriger notre conduite.

Dieu se sert de la douleur pour nous amener à l'aimer. Les âmes qui, touchées par la grâce du Saint-Esprit, s'humilient sous l'épreuve, ces âmes en comprennent peu à peu le sens, ou, pour mieux dire, *le langage* ; elles reviennent alors au Seigneur, et sont consolées, fortifiées par lui : c'est ce qui arrivait à Marie. Les cœurs, au contraire, qui se font d'autant plus orgueilleux que l'Eternel frappe plus fort, ces cœurs n'entendent rien à la véritable signification d'un tel appel ; ils s'endurcissent sous le châtiment, et s'éloignent de Celui qui seul peut leur rendre la joie avec la paix : c'est ce qui arrivait à Léon.

L'une, dans ces tristes et froides journées solitaires, avait essayé de prier ; elle l'avait fait avec le sentiment incomplet encore, mais sincère, de son état de péché ; elle y avait trouvé de la douceur, une douceur qui s'était toujours accrue ; de sorte qu'après les moments qu'elle passait à lire quelques versets des saints Livres et à demander au Seigneur de la patience, elle se sentait plus calme, elle se sentait presque heureuse.

L'autre, dans ses courses de tous les jours, se raidissait à chaque refus, et n'acceptait qu'avec un dédain plein d'amertume les rares occupations qui s'offraient à lui. Le luxe des gens fortunés, ce luxe dont il avait tâté plus qu'il n'était sage, excitait chez lui des bourrasques de colère. Il ne voyait pas un de ces équipages tout brillants de soie qu'il admirait autrefois en les convoitant, sans injurier le riche, qui, par un tel étalage, insultait à la misère du pauvre. Il ne passait pas devant un de ces magasins splendides, où parfois il était entré avec Marie, sans exhaler son indignation contre les vaniteuses recherches de l'élégance ou de la somptuosité. Il ne se disait plus comme jadis : « Le luxe nourrit l'ouvrier, la dissipation des grands engraisse les petits. « Il ne se disait pas : « Si j'avais voulu, j'aurais modestement gagné mon pain, je l'aurais mangé avec joie, chaque jour mon bonheur avec mon amour pour Dieu se seraient accrus. » Non, il ne disait rien de tout cela. « Je suis indigent, » s'écriait-il, « je souffre; le riche ne me donne ni vêtements, ni nourriture; il me les refuserait si j'avais la bassesse de les lui demander; qu'il soit maudit avec son or! »

Vers le milieu de janvier, comme il ne restait plus à mettre au mont-de-piété que des objets presque indispensables, comme on avait maigrement soupé la veille et que le froid pénétrait partout, Marie résolut d'aborder courageusement la question du retour à Sauveterre. Elle commença toute tremblante, sans regarder Léon, se remit un peu, lui parla de ses couches dont elle ne se trouvait plus qu'à quinze jours, de l'impossibilité où elle serait bientôt de travailler de ses doigts, des soins dont elle allait avoir besoin, de ce pauvre petit enfant qu'il faudrait nourrir, réchauffer, et finit en suppliant M. Firmin de céder à ses prières, de la ramener à leur bonne mère, de recommencer à travailler comme devant, et de subir, s'il le fallait, les humiliations qui les attendaient au village natal.

— Ah ! si tu savais ! s'écria-t-elle, si tu savais, Léon, combien de fois je me suis représenté ma mère, ma pauvre mère, les bras ouverts et nous pressant contre son cœur ! Que de fois je me suis assise en imagination devant ce beau feu de sarment qui brille dans la cheminée de notre cuisine ! Combien de fois j'ai recommencé nos douces veillées ! Combien de fois notre jolie chambre, avec ses fenêtres en plein soleil, et notre jardin, et nos vêtements de futaine si chauds, si solides, et nos voisins, et les paternelles exhortations de M. Dubois ; combien de fois tout cela s'est peint à mes yeux ! Léon, Léon, pendant qu'il en est temps, prenons un parti sage, ne lassons pas Dieu !

— Dieu ! interrompit Léon avec un mauvais

sourire ; puis il se retint en voyant l'effroi de Marie, et se contenta de lui dire d'un ton bref :

— Ma chère amie, partez si vous le voulez... moi, je n'irai pas. Non, poursuivit-il, en s'échauffant ; non, je ne retournerai pas mal vêtu, sans le sou, au lieu même que l'on m'a vu quitter dans l'aisance ; je n'irai pas, vous pouvez y compter, m'exposer aux quolibets des sots, aux insultes des insolents, aux sermons de votre mère ou de M. Dubois. Le vin est versé, il faut le boire. Si je meurs de faim ici... eh bien, on ne meurt qu'une fois.

— Oh ! Léon, interrompit Marie d'une voix suppliante.

— Vous, Marie, allez, retournez, vous serez bien reçue ; on vous approuvera d'avoir laissé ce fou, cet orgueilleux... Oui, orgueilleux, je le suis. Si le sentiment de la dignité est de l'orgueil, si la résistance au malheur est de l'orgueil, si la persévérance dans le parti qu'on a choisi est de l'orgueil, je suis un orgueilleux, mais j'aime mieux mon orgueil qu'une humilité qui n'est que de la faiblesse ; je l'aime mieux, cet orgueil qui m'empêche de m'avilir, qu'une humilité qui me ramènerait misérable dans notre village, et qui me ferait justement mépriser !

Marie aurait eu bien des choses à répondre, bien des questions à faire sur ce que Léon nommait *sa dignité,* dignité qui l'empêchait de soutenir sa femme par un travail modeste et qui ne l'empêchait pas, lui, de se nourrir du produit de ses fatigues à elle ; mais sa douleur l'emportait sur tout autre sentiment. L'Evangile, d'ailleurs, lui avait enseigné la soumission, le respect conjugal, et quand, pour terminer, M. Firmin lui eut répété ce qu'il lui avait dit cent fois : qu'elle était bornée et sans culture, qu'elle ne comprenait rien ni aux hommes ni aux choses, Marie se tut, renferma son chagrin, et se contenta de prier pour Léon.

CHAPITRE V.

MISÈRE, SECOURS, RÉSOLUTIONS.

Dans les premiers jours de février, Marie sentit les approches de sa délivrance ; elle travailla jusqu'au dernier jour, mais ses souffrances devenant violentes, elle se coucha, et Léon alla chercher le médecin. Celui-ci secoua la tête en examinant Mme Firmin :

— Encore une que le besoin tue !

En effet, Marie était gravement atteinte. L'accouchement fut difficile et dangereux. Marie manqua mourir en mettant au monde une petite fille qu'elle voulut nourrir, malgré les conseils du docteur.

Ce moment, moment si doux pour un père et une mère, ce moment fut profondément triste pour Léon et pour Marie. La pauvre mère avait à peine dans son sein tari quelques gouttes de lait qui ne calmaient pas les pleurs de son enfant ; Léon, le cœur déchiré par l'inquiétude, portait chaque jour au mont-de piété un dernier drap, une chemise, afin de procurer à Marie ce peu de bouillon, ce petit feu chétif qui lui étaient prescrits par le docteur. Marie, que la faim dévorait et qui savait les ressources à bout, feignait du dégoût pour les aliments, et ne mangeait que juste ce qu'il fallait pour que son enfant ne souffrît pas trop de sa faiblesse. Pauvre enfant! un mauvais lange la protégeait bien mal contre le froid qui venait de redoubler ses rigueurs.

Léon pensait avec amertume aux femmes et aux nouveau-nés des riches, entourés de soins, de gardes-malades attentives, de toutes les douceurs du bien-être. Quand il comparait les tapis moelleux de ces bonnes chambres, aux carreaux glacés du réduit où souffrait Marie ; ces lits mous et chauds, à son dur matelas, à sa mince couverture ; ces berceaux somptueux, ces layettes magnifiques, à la toile grossière, aux vieux jupons dont sa petite était enveloppée; les mets recherchés qu'on présente aux nouvelles accouchées, à la pauvre tasse de bouillon que Marie buvait à petites gorgées, afin qu'elle durât plus longtemps, son cœur se fendait, ses poings se fermaient convulsivement : il eût voulu faire honte à *ces égoïstes* de tous les maux qu'il endurait.

Marie n'allait pas chercher si haut ses points de comparaison. Elle pensait tout simplement aux soins de sa bonne mère; elle se disait : « Si Léon l'avait voulu, je serais dans mon lit à rideaux de serge verte; mon enfant reposerait près de moi, dans une jolie barcelonnette d'osier; ma mère, assise à côté, bercerait ma petite fille ou lui passerait une bonne brassière de flanelle; elle la promènerait, elle l'endormirait au chant des cantiques; mon frère et sa femme viendraient m'embrasser, M. Dubois me ferait quelques-unes de ses belles prières qui mettent la joie dans le cœur; Léon lui-même se frotterait les mains avec gaieté et s'écrierait : « Ce que femme veut, Dieu le veut; tu avais raison, ma petite! » Et lorsque les paupières de Marie, fermées pendant ces rêveries si douces, se relevaient, quand ses yeux rencontraient la sombre nudité de cette chambre démeublée, lorsqu'elle sentait le froid glacer son front et le petit enfant presser avec ses mains un sein desséché, des larmes coulaient le long de ses joues; elle ne pouvait que prier Dieu de lui donner de la patience, et d'étouffer en elle tout ressentiment contre l'époux dont l'orgueil obstiné la faisait tant souffrir.

Marie quitta son lit aussi vite qu'elle le put; cependant ses douleurs avaient été si cruelles, l'affaiblissement que lui causait l'alimentation de son enfant était tel, que vingt jours s'écoulèrent avant qu'elle retournât chez la couturière qui lui donnait de l'ouvrage.

Hélas! un nouveau chagrin l'attendait là. Pendant ces vingt jours, elle avait été remplacée; plus de travail régulier! Et c'est sur ce travail qu'elle comptait, non pour dégager quelques hardes presque indispensables, mais pour payer le boulanger, le propriétaire, pour vivre!

Marie, par la rapidité avec laquelle elle s'acquittait de l'ouvrage que de temps à autre lui confiait la couturière, s'efforçait de regagner les bonnes grâces de celle-ci ; elle mangeait à peine, se levait de grand matin, se couchait tard et ne dormait presque pas, parce que son enfant criait, et que le besoin, joint à l'inquiétude, lui donnait la fièvre. De jour comme de nuit, il fallait nourrir la petite fille, apaiser ses pleurs ; Léon, lorsqu'il n'avait pas de copie à faire, promenait sa petite et essayait de l'endormir : mais il était une bonne d'enfant assez maladroite, et ne soulageait guère la pauvre Marie.

Le médecin, homme de cœur, les visitait parfois. Il avait tenté de leur faire accepter quelques secours ; Léon les avait refusés avec un mouvement de fierté blessée, Marie avec une humble reconnaissance, mais avec fermeté :

— Aussi longtemps que je pourrai travailler, disait-elle, je n'accepterai pas une aumône dont je priverais ainsi d'autres malheureux.

En vain le docteur les avait-il engagés à se faire inscrire au bureau de bienfaisance ; Léon, à chaque proposition du docteur, déclarait qu'il préférait la mort à une telle humiliation.

Les choses en étaient là depuis un mois; le loyer restait à payer, le boulanger menaçait de ne plus fournir de pain, la santé de Marie s'affaiblissait d'une manière effrayante, lorsqu'un jour le médecin, après avoir examiné Mme Firmin, lui annonça que, si elle continuait à allaiter, il ne répondait plus ni d'elle ni de son enfant. La pauvre femme sentait bien qu'il avait raison; son enfant dépérissait, sa poitrine à elle lui faisait un mal horrible et elle n'avait presque plus la force de tirer l'aiguille. Elle obéit au docteur, essaya de nourrir son enfant par des moyens artificiels; mais la pauvre petite, déjà très échauffée, tomba dangereusement malade.

— Il faut une nourrice! dit le docteur, à sa première visite. Vous n'avez rien, vous ne pouvez payer le mois d'avance qu'exigent ces femmes là; je connais une dame pieuse qui fournira l'argent nécessaire, et de ce pas je vais arranger l'affaire.

— M. le docteur, je ne souffrirai jamais!... s'écria Léon.

— Ah ça, monsieur, interrompit sérieusement le médecin, n'est-ce pas assez d'abréger les jours de votre femme, voulez-vous encore tuer votre enfant?

— Monsieur!

— Léon, Léon, s'écria Marie dont le cœur maternel se déchirait, par grâce, accepte. Nous le rendrons, mon ami ; je travaillerai, toi aussi ; s'il le faut, nous nous priverons de pain pour le rendre ; mais songe à cette pauvre petite créature presque morte d'inanition. Oh ! merci, monsieur le docteur ! oui, procurez-nous tout cela, une nourrice, des secours ; oh ! que vous êtes bon, oh ! que je vous rends grâces !

Et avant que Léon pût se dégager des bras de Marie pour retenir le docteur, celui-ci s'échappa et courut au bureau des nourrices. Il en revint avec une brave femme de la Champagne, qui tout de suite fit teter l'enfant. Marie ne se possédait pas de reconnaissance ; Léon, forcé d'accepter le bienfait, ne pouvait contraindre son orgueilleux cœur à la gratitude ; il balbutia quelques paroles parmi lesquelles on distinguait celles-ci : « Je rembourserai, c'est un prêt... etc., » tandis que le docteur, qui ne l'écoutait pas, se livrait au plaisir de voir l'enfant manger et la pauvre mère pleurer de bonheur.

Le lendemain, la nourrice partit avec son nourrisson ; ce fut un crève-cœur pour Marie, mais la nécessité était là; Mme Firmin savait d'ailleurs que cette séparation rendait la vie à sa fille, qu'elle lui permettait de reprendre un travail indispensable à sa subsistance, et elle se résigna.

Le bon docteur avait acquis le droit de se mêler des affaires de M. et de Mme Firmin ; il s'adressait rarement à Léon, ayant vite démêlé son caractère vaniteux, obstiné, et sachant par expérience qu'on gagne peu sur de telles gens, parce qu'il leur faut encore plus les leçons de Dieu que celles des hommes.

Mais Marie l'intéressait ; sa douceur, son assiduité au travail lorsqu'elle obtenait de l'ouvrage, lui inspiraient de l'estime; il examinait soigneusement sa santé, et, au bout de très peu de temps, il s'aperçut qu'une maladie de poitrine menaçait la pauvre femme. La cause en était évidente : trop de travail, pas assez de nourriture, le froid, les inquiétudes, les couches... il ne fallait pas la moitié de tout cela pour attaquer les organes vitaux.

Le docteur parla de départ; Marie, qui pardessus tout craignait d'affliger Léon, le supplia de ne point toucher à cette corde; le docteur céda, mais en déclarant que si Léon ne se soumettait pas à recevoir les secours que réclamait la santé de sa femme, secours qu'il s'efforçait de lui procurer, il ne remettrait plus les pieds chez elle. Bien plus, il se chargea de chapitrer Léon à ce sujet, et le fit. Léon se gendarma, s'irrita, argumenta; le docteur n'en tint compte.

— Quelles sont vos ressources? demanda-t-il.

Léon parla de ses copies.

— Cela ne signifie rien, répondit le docteur; un jour trois pages, le lendemain dix, le surlendemain point; vous ne pouvez nourrir une femme avec cela.

Léon le savait bien, il ne répliqua pas.

— Pourquoi, vigoureux comme vous l'êtes, n'allez-vous pas travailler aux fortifications, aux chemins de fer?

— Moi! s'écria Léon avec une indignation mal réprimée; moi! manier la bêche! me mêler à la tourbe des ouvriers! subir une telle humiliation!...

— C'est là une humiliation, et vous ne voulez pas la subir? dit le docteur avec un peu d'ironie.

— Jamais!

— Eh bien, monsieur, il faudra donc que vous subissiez la charité d'autrui; votre orgueil s'en arrangera s'il peut.

Et là-dessus le docteur partit, laissant Léon violemment irrité, mais sans réplique.

Ah! si ce cœur ulcéré avait voulu reconnaître ses torts! s'il avait voulu prier! s'il s'était soumis! Mais non; il se consola par de faux raisonnements; il s'efforça de concilier les exigences de son amour-propre avec les conséquences d'une misère dont il ne voulait pas sortir; il évita de rencontrer les charitables dames que le docteur avait intéressées à la situation de Marie; il ne toucha pas aux aliments qu'elles apportaient, et, malgré les prières de sa femme, il se renferma dans sa fierté opiniâtre, dans son dénûment, pour pouvoir se dire, quoique sans raison : « Je ne dois rien à personne! »

Un des premiers soins des protectrices de M. et de Mme Firmin avait été de leur faire échanger l'appartement coûteux qu'ils occupaient contre une petite chambre modeste, mais propre. Le loyer avait été payé d'avance; une nourriture plus abondante et plus substantielle était fournie à Mme Firmin. Cependant le docteur, après un mois, ayant examiné de nouveau Marie, déclara, et cette fois d'une manière péremptoire, qu'il fallait à Mme Firmin l'air natal, qu'il le lui fallait absolument, et qu'il voulait la voir partir avant une semaine.

— Vous l'accompagnerez, monsieur, dit-il à Léon, en tempérant par la douceur de son regard ce que cette injonction avait de trop impérieux; vous l'accompagnerez pour deux raisons : la première que vous aussi vous êtes souffrant, et que quelques mois de privations vous amèneraient au point où se trouve Mme Firmin; la seconde, qu'il est de votre devoir (et vous me permettrez d'insister là-dessus), qu'il est de votre devoir de veiller sur votre femme malade, durant un voyage de deux cents lieues, et de pourvoir à sa subsistance lorsqu'elle sera de retour chez elle.

— Impossible! monsieur, répondit Léon à voix basse mais résolue : mon devoir... je n'ai pas à en rendre compte aux hommes, et ma santé... ma santé ne regarde que moi...

Il serait inutile de raconter cette discussion. D'un côté, c'était une charité un peu rude ; de l'autre, un orgueil opiniâtre. Le docteur disait que le véritable honneur consiste à ne pas laisser sa femme mourir de faim, et à soutenir, par le travail de ses mains, la famille que Dieu nous a donnée. Léon répondait que cette philosophie (comme il appelait le bon sens du docteur), que cette philosophie, sublime tant qu'il ne s'agit que de raisonner, devient de la bassesse une fois qu'on la met en pratique ; qu'il est des actes qui dégradent l'homme aux yeux de ses semblables, et ces actes, dans la pensée de l'insensé, ces actes consistaient à retourner humilié dans le village que l'on quitta fier ; à bêcher la terre, à planter des choux, devant ceux qui jadis vous avaient vu presque *Monsieur !* Oh ! folie de l'orgueil !

On pressent les angoisses de Marie ; celles de Léon étaient d'autant plus cruelles qu'il en savait la source, et que cette source, il ne voulait pas la tarir.

Que de fois la nuit, lorsque Marie s'écriait en pleurant qu'elle ne pouvait abandonner son Léon bien-aimé, que de fois le cœur de celui-ci ne s'était-il pas comme brisé! Que de fois, à la voix secrète qui lui répétait : *Pars*, *pars*, ne s'était il pas senti presque vaincu! Hélas! son intraitable orgueil, un moment dompté, se relevait dans toute sa force, et Léon restait profondément malheureux, mais inflexible.

Enfin, Mme Firmin, sollicitée par le docteur, comprenant que sa santé était nécessaire et à son enfant et à son mari, Mme Firmin prit définitivement la résolution de quitter Paris. Il fallait de l'argent, des vêtements; encore ici l'inépuisable bonté du docteur fit face à tant de besoins. A force de recherches, il trouva quelques personnes qui se cotisèrent pour retirer du mont-de-piété les effets de première nécessité, tandis que l'une d'elles, fort riche, fournit à elle seule la somme considérable qu'exigeaient les frais du voyage.

La pensée de laisser Léon sur le pavé de Paris navrait Marie, tandis que l'espérance de revoir sa mère, de reprendre bientôt son enfant, la faisaient par moment tressaillir de joie. Elle semblait même renaître depuis que son voyage était décidé; Léon le remarquait parfois avec une tristesse mêlée d'amertume, et Marie éprouvait alors de grandes luttes intérieures.

Cependant la veille du départ arriva, le docteur apporta la somme nécessaire, fit ses adieux à Marie, promit à Léon de lui chercher quelque occupation, et les deux époux restèrent seuls.

CHAPITRE VI.

TENTATION, FAIBLESSE.

La soirée était froide, les giboulées de mars avaient glacé l'atmosphère ; la neige venait de temps en temps fouetter les vitres de la chambrette où Léon et Marie, silencieux, assis l'un près de l'autre, passaient ensemble les heures qui précédaient la séparation. Léon, de plus en plus accablé, cachait sa tête dans ses deux mains, et les sanglots qui s'échappaient de la poitrine de Marie témoignaient de sa vive affliction.

Cela dura longtemps ; puis Léon relevant la tête et montrant alors sa figure pâle, amaigrie, ses yeux rougis par les larmes, dit presque bas et sans oser regarder sa femme :

— Tu vas donc me quitter, Marie?

Un gros soupir lui répondit seul.

— Tu m'abandonnes, je vais rester seul. Oh! que je suis malheureux!

Après un instant de silence : — Le soir, reprit-il comme se parlant à lui-même, le soir, quand je rentrerai dans cette chambre, je ne trouverai plus mon amie, je n'entendrai plus cette voix qui me consolait. La misère, la fatigue, la faim, le froid, la maladie, tout cela, je n'aurai personne qui m'aide à le supporter, plus personne!

— Léon, s'écria Marie fondant en larmes et se jetant à son cou, Léon, Léon, aie pitié de moi, ne parle pas ainsi... Mon Dieu, faut-il donc tant souffrir!

Mais Léon, qui avait beaucoup de force pour résister aux conseils de la sagesse, n'en avait point pour résister aux mouvements de ses passions; il ne pouvait pas plus supporter la pensée de voir s'éloigner Marie, qu'il aimait en égoïste, qu'il ne pouvait aborder l'idée de la suivre; aussi, sans vouloir comprendre tout ce qu'il y avait de coupable dans cet abandon à sa douleur, dans cet appel à la tendresse, à la faiblesse de Mme Firmin, il poursuivit :

— Si tu avais voulu, Marie... Mais non, c'est impossible, il faut aller jusqu'au bout... il faudra peut-être mourir loin de toi...

— Léon, par grâce ! interrompit Marie presque sans voix.

Léon reprit après un moment de réflexion :

— Pourtant si tu l'avais voulu, Marie, nous aurions pu ne pas nous quitter.

— Si je le veux ! s'écria la pauvre femme en joignant les mains.

— A présent que te voilà mieux portante, un peu d'air pur, un peu de bonne nourriture auraient achevé ta guérison ; il y a un mois, le docteur ne demandait pas autre chose. J'espère obtenir dans peu un emploi ; il y a huit jours qu'on m'a parlé d'une entreprise qui se forme et pour laquelle on cherche des agents intelligents et probes ; si tu avais pu attendre...

— Attendre, dit Marie, mais comment vivre en attendant? et puis comment justifier ce retard? Le docteur se fâchera, il ne voudra plus s'occuper de nous; mes protectrices auront le droit de s'étonner de ma conduite, elles la trouveront indélicate...

— Quinze jours sont bien vite écoulés, s'écria Léon; qui saura que tu les as passés ici, près de moi?... Si tu consentais à ma proposition, nous abandonnerions ce logement qui est triste, où tu as froid, où tu es éloignée des promenades; nous louerions une jolie petite chambre sur le boulevard Monceaux; tu irais t'asseoir au soleil, tantôt dans le parc, tantôt dans les Champs-Elysées, et si au bout de quinze jours mon espoir ne se réalisait pas, si je restais sans travail... eh bien!... tu me quitterais, Marie. Au moins nous ne nous séparerions qu'à la dernière extrémité; au moins nous saurions si ta santé est aussi gravement atteinte que le prétend le docteur; au moins nous ne mettrions pas 200 lieues entre nous avant d'être convaincus par notre propre expérience de la nécessité d'une telle séparation.

— Mais où trouver de l'argent pour nous loger, pour nous nourrir? demanda Marie ébranlée.

— De l'argent! il n'en faut pas beaucoup. Vois-tu, je travaille de temps en temps, tu as les provisions de bouche que t'ont fait remettre tes protectrices, 15 fr. que t'a donnés le doc-

5

teur pour le mois de la nourrice (qui patientera bien quelques jours), puis, à la dernière extrémité, tes hardes et ton linge.

— Léon, cela n'est pas bien. En détournant ces secours de leur véritable destination, nous tromperions les braves gens qui nous ont tendu la main.

— Les tromper! s'écria Léon; en quoi, Marie, en quoi? Si nous entamions la somme qu'ils nous ont confiée pour subvenir aux frais de ton voyage, oui, on pourrait, on devrait nous blâmer, j'en conviens; mais 15 malheureux francs que je regagnerai sans même obtenir l'emploi en question, mais des hardes, qui au fond t'appartiennent, qu'on t'a rendues pour te les donner, je pense, et non pour te les prêter, mais des provisions qu'on t'a remises pour ton usage particulier et que tu es bien la maîtresse de partager avec ton mari; quel rapport cela a-t-il avec un *dépôt* auquel on ne peut toucher sans indélicatesse?

Marie branlait la tête comme quelqu'un qui n'est pas pleinement convaincu, mais qui voudrait l'être.

— En vérité, on a bien de la peine à te

faire comprendre les choses les plus simples, mon enfant !... Qu'est-ce que je te demande?... Est-ce de renoncer à ton voyage, est-ce d'abuser des bontés du docteur ? Non rien que d'attendre, rien que de ne pas tout abandonner au moment où nous allons tout conquérir. La raison, le bon sens nous conseillent une telle conduite ; le docteur lui-même nous la prescrirait... s'il était un peu moins obstiné...

— Pourquoi ne pas lui en parler?

— A lui, prévenu comme il l'est contre moi, contre mon *ambition*, contre mon *opiniâtreté !*

— Que faire, que faire? dit Marie en joignant les mains, mais sans élever son cœur à Dieu par une prière directe et précise.

— Marie, ma bien-aimée Marie, écoute-moi ; cède une dernière fois; si tu dois me quitter, vois-tu, tu seras heureuse de penser que tu m'as causé cette grande joie, que tu n'as pas durement refusé cette dernière grâce à ton pauvre Léon. Si nous ne devions plus nous revoir !...

Marie mit sa main sur la bouche de Léon et l'empêcha d'achever. Elle ne résistait plus ; ces sombres pensées, cette figure si habituellement altérée par le mécontentement et maintenant éclairée par l'espérance, l'idolâtrie qu'elle avait pour son mari, tout cela réussit à triompher de sa conscience. Elle serra Léon contre son cœur, lui promit d'attendre quinze jours, vingt s'il le fallait ; Léon protesta qu'il ne le permettrait pas. Marie parla encore de ses scrupules, Léon les fit taire. On se jura de ne toucher sous aucun prétexte à la somme destinée au voyage ; on se promit de la rendre fidèlement dès que Léon serait entré dans son futur emploi ; on se demanda pardon des torts passés, on prit d'excellentes résolutions, et l'on fut plus heureux que jamais de se retrouver ensemble. Il y avait une année au moins que Marie n'avait vu son mari aussi tendre, aussi expansif ; c'était tout à fait le Léon d'autrefois.

Le lendemain, M. Firmin sortit de bonne heure avec Marie : il la conduisit boulevard Monceaux, dans une chambrette qu'il savait être à louer ; puis il revint, prit ses effets, fit transporter par un homme de peine ses meubles, qui n'étaient pas nombreux, et dit au portier que, *maintenant seul*, il se trouvait au large et changeait de logement ; le loyer était payé, le départ eut lieu sans difficulté. Le portier demanda la nouvelle adresse de Léon.—Je vous l'apporterai demain, répondit celui-ci d'un air affairé ; et certain d'échapper désormais à toute recherche, il rejoignit gaiement sa femme dans la petite chambre du boulevard Monceaux.

Marie avait souffert de ces mensonges; mais à mesure que nous nous éloignons de Dieu, la voix de notre conscience s'affaiblit ; celle de Marie ne parlait plus que tout bas. — Promène-toi, mange et dors, disait Léon à sa femme, puis laisse-moi faire ; c'est à moi qu'il appartient de te soigner maintenant.

En effet, le pauvre garçon se donnait une peine extrême ; il se mettait en quête de travail, apportait un soir dix sous, le lendemain vingt, quelquefois rien, mais toujours de l'espérance, toujours de la gaieté, toujours du courage. Son caractère semblait transformé.

Marie se sentait mal à l'aise; ce qui lui pesait, ce n'était pas son dévouement envers Léon : c'était l'abus de confiance dont elle s'était rendue coupable.

Les jours passaient ; le quinzième avait fui,

sans que ni le mari ni la femme eussent osé prononcer le mot de départ; seulement la bourse était vide; Marie devenait sérieuse et Léon reprenait son humeur inégale, lorsqu'un soir il rentra rayonnant, et faisant sauter son chapeau en l'air :

— Je l'ai ! cria-t-il, je l'ai !

— L'emploi? demanda Marie tremblante.

— L'emploi, répète triomphalement Léon : travail modéré, 1,200 fr. d'appointements, et, dans un mois, paiement du premier quartier !

— Mais d'ici là ? dit Marie.

— D'ici là, d'ici là, petite raisonneuse ; commence donc par te réjouir !... Hé ! d'ici là... nous emprunterons au dépôt ; et puis, le quartier une fois payé, vous mettrez votre plus belle robe, Mme Firmin, vous prendrez ces 100 fr. vous les plierez dans une feuille de papier blanc, vous les porterez au docteur, et vous lui direz : « M. le docteur, voici votre argent, et, de plus, me voici, moi, fraîche, bien portante, heureuse et dans l'aisance, malgré vos lugubres prévisions. »

— Oh ! je ne lui dirai pas cela, s'écria Marie en riant. Mais ce dépôt !...

— Mais, mais, mais, interrompit Léon en faisant pirouetter Marie, y aura-t-il donc toujours des *mais?* Vous ai-je donc si mal dirigée? regrettez-vous de n'être point partie? Voyons, m'obéira-t-on une fois, aura-t-on une fois de la confiance?...

Marie essaya comme toujours quelques objections; comme toujours, Léon lui prouva qu'elles ne signifiaient rien. Marie, au lieu de fuir la tentation, se mit à raisonner avec elle, et la tentation, ainsi qu'il arrive lorsqu'on l'écoute, même sous le prétexte de la confondre, la tentation fut la plus forte.

CHAPITRE VII.

CHATIMENT.

Je suis sûr que l'assurance de Léon étonne le lecteur. Je n'ai qu'un mot à lui répondre, et ce mot est une question : A quoi lui ont servi ses expériences, quand le Saint-Esprit ne les expliquait pas à son âme?... De quelles chutes l'ont préservé ses principes de morale, quand ces principes n'étaient pas fertilisés par une vivante piété ?

Le lecteur se scandaliserait-il de la faiblesse de Marie?... Un mot encore. Ne sait-il pas que le tentateur nous connaît mieux que nous ne nous connaissons nous-mêmes ? Ne sait-il pas que, lorsque le démon veut nous perdre, il se garde de nous présenter le péché sous une forme hideuse ou effrayante, mais qu'il le déguise avec coquetterie, de telle sorte que, rendu méconnaissable, le mal puisse nous séduire sans provoquer les cris de notre conscience? C'est ainsi qu'il s'y était pris avec Marie. La proposition grossièrement ou hâtivement faite d'entamer un dépôt sacré aurait épouvanté Mme Firmin, aurait scandalisé Léon; un emprunt, avec la presque certitude du remboursement, parut à celui-ci la chose la plus simple du monde, n'excita chez celle-là que des scrupules bientôt étouffés.

Mais je ne veux pas moraliser, je ne veux que raconter, et je reviens à mon histoire.

Un grand mois s'écoula. M. et Mme Firmin vivaient avec une stricte économie. Marie travaillait peu. S'efforçant avant tout de recouvrer la santé, elle suivait le régime que lui avait prescrit Léon et s'en trouvait bien, quoique, à vrai dire, aux yeux d'un observateur attentif, son visage eût paru plutôt bouffi qu'arrondi par l'embonpoint, et que ses vives couleurs, auxquelles succédait par moments une pâleur blafarde, eussent semblé plutôt un signe de maladie qu'un présage de retour au bien-être.

Léon, absent tout le jour, arrivait le soir harassé. Son emploi consistait à chercher le placement des produits d'une industrie nouvelle, industrie dont l'utilité, presque la réalité, était équivoque. Ce métier froissait souvent son amour-propre. Il fallait prôner sans mesure la marchandise, trouver des acheteurs et des actionnaires à force d'indiscrétion, redoubler de prévenances envers qui vous congédiait brusquement, obséder par des offres opiniâtres qui vous avait vingt fois refusé : c'était une rude et triste école. L'âme, la santé de Léon souffraient ; Marie, qui s'en apercevait, n'osait lui communiquer ses inquiétudes, mais elle en avait de cruelles. Quelquefois les deux époux lisaient les saintes Ecritures ensemble. Lorsque Mme Firmin consentit à différer son départ, Léon lui promit de consacrer chaque matin quelques instants à cette douce occupation. Hélas! il en avait été de cette résolution comme de tant d'autres ; le travail, les prétendues impossibilités s'étaient opposées à ce que l'habitude devînt régulière, mais de temps à autre on s'agenouillait, on ouvrait le volume sacré, et bien que Léon écoutât souvent des oreilles plutôt que du cœur, quelques bons résultats naissaient pourtant de ces méditations.

La correspondance entre Sauveterre et Paris n'était pas active, loin de là ; deux ou trois lettres de Charles avaient appris à Marie l'affaiblissement de la santé de leur mère, son mariage à lui, les embarras momentanés que lui causaient les frais de son établissement. Marie, de son côté, n'écrivait que lorsque Léon le lui permettait, et Léon ne le lui permettait que dans les rares moments où, grâce à des espérances nouvelles, il se croyait en passe de faire fortune. Alors pas un mot des revers, des souffrances (Léon le défendait), mais la pompeuse description de l'aisance dont on jouissait et des promesses que faisait l'avenir.

Le mois fini, Léon réclama son premier quartier. L'un des directeurs de l'entreprise lui répondit, d'un ton poli, que les règlements récemment modifiés fixaient le paiement des émoluments de tous les employés à la fin du trimestre. La consternation se peignit sur les traits de M. Firmin ; ce retard ne lui inspirait pas encore des craintes sur la sûreté du remboursement, mais d'ici à deux mois, que devenir ? Les 100 francs du dépôt étaient presque totalement dépensés, et la nourrice, que M. Firmin avait seule informée de son changement d'adresse, écrivait lettres sur lettres afin d'obtenir l'argent qui lui était dû.

— Au reste, monsieur, reprit le directeur qui, se méprenant sur la tristesse de Léon, crut deviner chez lui une méfiance fatale au succès de la soi-disant industrie qu'il exploitait, au reste, monsieur, qu'à cela ne tienne; si par hasard vous éprouviez quelque gêne momentanée, ce qui peut arriver à tout le monde, quelque inquiétude sur la sûreté du paiement... voici 50 fr. en avance sur votre trimestre; ne parlez pas de cette petite infraction à la règle ; nous arrangerons cela plus tard.

Grand fut le désappointement de Marie, lorsqu'elle vit revenir Léon sans la somme qu'elle attendait. Sa belle robe était déjà étalée sur le lit, le papier blanc dans lequel on devait plier les 100 fr. du docteur n'attendait plus que le rouleau d'écus, et Marie avait déjà préparé son petit discours au médecin ; il fallut rentrer la robe, remettre la feuille de papier dans le tiroir, et laisser le discours dans la mémoire.

Malgré cette ignorance du monde qu'aimait tant à lui reprocher Léon, et qu'elle déplorait avec humilité, Mme Firmin comprit que ce refus de paiement cachait quelque chose de louche ; la modification des règlements ne la rassura pas, et l'acompte même, que Léon fit valoir avec son éloquence accoutumée, l'acompte ne parvint point à calmer ses inquiétudes. On résolut d'envoyer 20 fr. à la nourrice, puis Marie, sans mot dire, souffrante, intérieurement tourmentée, se mit de nouveau à chercher de l'ouvrage, en trouva, non sans peine, et commença à travailler au delà de ses forces. Léon s'en apercevait, s'en attristait; mais comment s'y opposer ?

Longtemps le but unique de Marie fut celui-ci : rendre la somme, la rendre sans qu'il y manquât un centime. Cette dette oppressait son cœur; tant qu'elle avait compté sur le paiement de Léon, elle s'était tranquillisée ; mais à cette heure que des doutes sérieux arrivaient à son esprit, elle ne pouvait plus supporter la pensée d'un emprunt que dans son âme elle appelait de son véritable nom : un *vol*. Privation de sommeil, parfois de nourriture, rien ne lui coûtait pour réparer (aux yeux des hommes du moins) cette faute déshonorante. Hélas ! elle n'y parvenait point; si d'un côté son travail lui rapportait quelques sous, de l'autre Léon usait des souliers, des vêtements ; il fallait remplacer les uns et les autres ; un rhume violent dont il souffrait depuis deux mois exigeait quelques remèdes, et le trou, au lieu de se boucher, s'agrandissait chaque jour.

M. Firmin, qui d'abord ne cessait de rassurer la craintive Marie, peu à peu avait moins souvent parlé de sa confiance en la compagnie qui l'employait, puis n'en avait plus parlé du tout. Il n'exprimait aucun doute, mais l'inquiétude le dévorait, et les efforts mêmes qu'il faisait pour cacher sa tristesse révélaient mieux ses tourments intérieurs que ne l'eussent fait des plaintes. Marie ne l'interrogeait plus; elle prévoyait quelque grande épreuve et s'y préparait de son mieux. Cette épreuve l'atteignit. Depuis plusieurs jours Léon, silencieux, abattu, se contentait, en revenant, d'embrasser Marie sans prononcer un seul mot : la nuit elle l'entendait soupirer, et une fois qu'elle avait passé la main sur les yeux de son mari, elle les avait sentis mouillés de pleurs ; en vain l'avait-elle supplié de lui ouvrir son âme, il s'y était obstinément refusé. Ce matin-là, au lieu de partir comme à l'ordinaire, Léon s'assit sur une chaise.

— Tu ne vas pas à tes affaires ? demanda Marie.

— Je souffre.

Le cœur de Marie alors déborda.

— Oui, mon ami, tu souffres, s'écria-t-elle en prenant les deux mains de son mari, mais tu souffres surtout de me faire un secret de tes chagrins ; tu souffres dans ton âme, encore plus que dans ton pauvre corps. Oh ! Léon, Léon ! dis-moi tout ; si mon intelligence bornée ne peut t'être d'aucun secours, mon cœur est là, Léon ; mon amour ne te manquera pas. Dis-moi tout, nous pleurerons ensemble, nous prierons ensemble ; va, je te consolerai, je serai forte ; Dieu nous entendra...

Léon, les yeux baissés, accablé de tristesse, ne répondit pas.

— A-t-on encore différé ton paiement ? reprit

Marie, eh bien ! je travaillerai !... L'entreprise?

— L'entreprise est coulée, la compagnie est dissoute et nous sommes sans pain, dit Léon à voix basse.

Ces mots glacèrent Marie ; elle s'attendait, il est vrai, à un désastre, mais tout à coup, le voir si complet !... Par un secret élan, elle demanda de la force au Seigneur, puis elle reprit d'une voix calme :

— Mon ami, je le pressentais...

Alors avec cette tendresse, avec cette délicatesse que communique la charité chrétienne, elle s'efforça de soulager le cœur du malheureux Léon. C'était d'expansion et de force qu'il avait besoin ; d'expansion, car ses douleurs longtemps contenues rongeaient son cœur ; de force, car ce dernier coup avait fait crouler toutes ses espérances.

Ah ! ils n'étaient plus là, ces jours où, au travers des déceptions, Léon voyait resplendir un brillant avenir. Ils n'étaient plus là, ces jours dont le lendemain devait lui amener la fortune ! Non, cette dernière expérience, la maladie qui le minait sourdement, plus encore que tout cela, sa conscience, sa conscience réveillée par les avertissements de Dieu, par le malheur dans lequel il avait plongé Marie : voilà la tempête qui soufflait sur l'édifice de ses illusions, qui en semait çà et là les débris. Comme il arrive aux natures emportées, orgueilleuses, Léon n'était sorti des rêves obstinés de sa folle ambition que pour tomber dans un découragement absolu.

Pas un reproche ne s'échappa des lèvres de Marie ; elle n'eut pour son mari que des paroles d'affection et de foi ; on eût dit que la même épreuve qui écrasait Léon lui donnait à elle de nouvelles forces. C'est qu'en tombant chez lui, ce feu du ciel avait consumé toutes les vanités dont son âme était remplie, et qu'elles consumées, rien ne restait si ce n'est son amour pour Marie ; c'est qu'en tombant dans le cœur de celle-ci, la foi céleste avait comme fécondé les vérités chrétiennes qui y reposaient, et, maintenant vivifiées, elles brillaient d'un éclat plus pur, elles régénéraient tous ses sentiments naturels.

Après quelques encouragements, Marie alla chercher sa Bible ; elle lut à Léon ces magnifiques paroles : *Quoi que vous demandiez en mon nom, je le ferai, afin que le Père soit glorifié par le Fils. Si vous demandez en mon nom quelque chose, je le ferai. Je ne vous laisserai point orphelins, je viendrai vers vous* (1). Elle lui fit entendre celles-ci, les plus touchantes que puisse inspirer le plus tendre amour : *Ne vend-on pas deux passereaux pour un sou? Et cependant aucun d'eux ne tombe à terre sans la volonté de votre Père! et les cheveux même de votre tête sont tous comptés. Ne craignez donc point; vous valez mieux que beaucoup de passereaux* (2). Elle lui montra dans le prophète Ezéchiel celles-là, si émouvantes, comme expression de la charité divine, si frappantes, comme expression de la haine du Seigneur contre les cœurs hautains : *Moi-même je paîtrai mes brebis et les ferai reposer, dit le Seigneur l'Eternel. Je rechercherai celle qui sera perdue, et je ramènerai celle qui sera chassée; je banderai la plaie de celle qui aura la jambe rompue, et je fortifierai celle qui sera malade, mais je détruirai la grasse et la forte* (3)!... Elle lui adressa ce

(1) Jean, XIV, 13, 14, 18.
(2) Matth., X, 29-31.
(3) Ezéch., XXXIV, 15, 16.

pressant appel de Jésus : *Venez à moi vous tous qui êtes fatigués et chargés, et je vous soulagerai* (1).

— Ces promesses ne me regardent pas, murmurait Léon ; je ne suis pas un enfant de Dieu.

Alors Marie, priant à haute voix, suppliait le Saint-Esprit de convaincre Léon ; puis elle se réjouissait de ce qu'il sentait son péché, elle s'efforçait de lui prouver que cela déjà était un pas en avant ; mais le pauvre Léon, obstiné dans le découragement comme il l'avait été dans l'orgueil, fermait son cœur et restait sous la malédiction de Dieu, juste juge des pécheurs, au lieu de se jeter dans les bras de Dieu, père des miséricordes.

Il fallait prendre un parti cependant. Léon ne raisonnait plus ; il ne voulait pas travailler ; il parlait de se laisser mourir de faim ; il se livrait à toutes les divagations d'un esprit en désordre. Marie s'efforça de ranimer son énergie ; elle fit le compte de leurs ressources ; quelques écus restaient au fond du sac ; elle

(1) Matth., XI, 28.

assura qu'elle était mieux portante, qu'elle était forte, que le travail achèverait de la guérir, qu'il ferait du bien à Léon; elle le pria de se mettre à la recherche d'occupations sédentaires, telles que des copies, et, à force de supplications, de paroles chrétiennes, elle parvint à le fortifier un peu.

L'ouvrage que fournissait à Marie la couturière dont nous avons parlé plus haut n'avait rien de régulier et ne suffisait pas à remplir les journées de celle-ci; Marie résolut d'employer ses loisirs à confectionner de petits objets, tels que layettes, bonnets, etc., qu'elle irait vendre d'hôtels en hôtels. Elle espérait que la couturière l'adresserait à quelques-unes des dames qui se fournissaient chez elle, et, disait-elle, voilà une corde de plus à notre arc.

Léon courut partout, importuna chacun, évitant avec grand soin, toutefois, de s'adresser aux amis du docteur ou au docteur lui-même; finalement il trouva un greffier qui, ayant un excédent d'affaires sur les bras, lui donna quelques rôles à copier à 5 centimes la page. Mais ce greffier demeurait vers le Palais de Justice ; pour aller du Palais de Justice au boulevard Monceaux, le pauvre Léon, qui ne franchissait plus comme autrefois les distances, mettait à peu près deux heures ; il fallut déménager encore, quitter le soleil, le bon air, le gracieux chant des oiseaux, et s'établir dans une triste, sombre, sale maison située près du Palais, où l'on prit une chambre plus triste, plus sombre, plus chétive que ne se l'était jusque-là représentée l'imagination de Marie.

Léon se désolait ; il n'allait pas encore jusqu'à maudire ses illusions, car, s'il n'y croyait plus, son orgueil lui en faisait respecter jusqu'aux derniers vestiges ; mais il déplorait la tendresse égoïste qui l'avait follement poussé à retenir Marie. Celle-ci le consolait de son mieux ; puis, avec cet art qu'ont les femmes bien élevées, elle parvenait à donner un air d'ordre, d'élégance, presque de gaieté, au sombre réduit qu'ils habitaient.

Le travail de Léon, celui de Marie, ne fournissaient pas à leur subsistance : de nouveau le mont-de-piété avait vu revenir des draps, des vêtements qui à d'autres époques y avaient séjourné déjà, mais qui cette fois n'en devaient plus sortir. On ne mangeait tout juste que ce qu'il fallait pour ne pas souffrir trop cruellement de la faim ; l'automne s'avançait, les premiers froids se faisaient sentir, et l'on se persuadait qu'il y avait encore assez de chaleur dans l'air pour qu'il ne fût pas nécessaire d'allumer le poêle.

On nous accusera d'exagération peut-être ; pourtant, si douloureuses, si extrêmes que nous les peignions, les souffrances du pauvre ménage resteront toujours au-dessous de la réalité, de la réalité telle que nous l'avons vue, et pour ainsi dire touchée de nos doigts.

Il y avait des jours où Léon attendait du matin au soir un peu de travail, où il ne pouvait obtenir des rôles à copier que pour deux, que pour trois sous. Il y avait des jours (et ceux-là étaient nombreux), où Marie, après avoir couru six heures, parfois sept heures, se présentant à la porte des hôtels pour vendre ses petits ouvrages, ici renvoyée à demain, là refusée, rentrait chez elle sans un centime. D'autres fois, lorsqu'elle rapportait à la couturière un travail terminé à grand'peine, il se trouvait que madame était sortie sans donner l'ordre de payer Marie; et celle-ci, qui n'osait insister, revenait le cœur gros, les yeux gonflés de larmes, sans les vingt sous sur lesquels elle comptait pour acheter un peu de pain, des haricots ou des pommes de terre. Ces soirs-là, on ne mangeait pas. L'estomac épuisé par un jeûne de presque toute la journée, par des courses, par un travail forcé, on se couchait pour tromper la faim. Léon se frappait du poing dans le front; Marie, avant de gagner son lit, allait chercher la Bible, lisait un chapitre, quelqu'un de ces beaux psaumes où le roi David raconte ses douleurs, où il exprime en même temps une inébranlable confiance en *son rocher;* puis on s'endormait, et le lendemain on recommençait : Léon l'âme plus abattue, Marie le cœur fortifié par la bonne Parole du Seigneur, tous deux affaiblis de corps et souffrants.

Le malheur de ces infortunés n'était pourtant pas à son comble. Bientôt le greffier qui fournissait quelques copies à Léon put suffire à sa besogne, et le lui annonça. Peu de temps après, la couturière congédia plusieurs de ses ouvrières faute d'ouvrage, mais conserva par pitié quelque travail à Marie, tout en lui disant que cela ne durerait pas. En effet, cela ne dura pas. Marie alors demanda de l'ouvrage dans plusieurs magasins. Partout même réponse : « Nous ne pouvons suffire aux prières qui nous sont adressées. » Enfin un marchand lui proposa de coudre des gilets à 8 sous et des pantalons à 6.

— Un gilet, coudre un gilet pour 8 sous, un pantalon pour 6 ! s'écria Marie; mais c'est impossible !

— D'autres le feront, le feront en fournissant le fil, répondit le marchand.

Et, frémissant à la pensée de voir cette dernière ressource lui échapper, Marie prit l'ouvrage aux conditions proposées. Il lui fallait un jour, un jour de quinze heures, pour confectionner deux gilets !

Léon, s'il avait perdu toute énergie morale, n'avait pas perdu toute tendresse, tout honneur : le Seigneur lui donnait de rudes mais de salutaires leçons. Il ne put supporter de voir Marie se tuer pour le nourrir, lui qui restait oisif ; il étouffa l'amour-propre qui grondait au fond de son cœur, et, sans mot dire, enfonçant son chapeau sur ses yeux, il se dirigea vers les fortifications.

Quel retour il aurait pu faire sur lui-même! Quelles réflexions, s'il s'était rappelé le conseil du docteur et l'indignation de son orgueil révolté!... Il s'en souvint; mais, hélas! ce souvenir réveilla plus encore sa vanité que ses remords; un moment même il fut sur le point de rebrousser chemin : « Mais qu'importe! » se dit-il, « on ne me connaît pas, on ne saura jamais que je me suis abaissé jusque là! » Et il poursuivit sa route.

Il arriva, demanda l'entrepreneur : on le fit entrer dans la cabane en bois de charpente qu'occupait celui-ci.

— Que voulez-vous?

— De l'ouvrage, balbutia Léon en rougissant jusqu'au blanc des yeux.

D'un regard, l'entrepreneur parcourut ce visage maigre, ce corps usé par la maladie.

— Impossible, monsieur, répondit-il d'un ton bref; vous n'êtes en état ni de manier la pelle, ni de traîner la brouette... D'ailleurs, il faut des outils, et vous n'en avez pas.

Léon pâlit, dévora l'humiliation de ce refus, et s'éloigna sans ajouter un mot.

« C'est égal, allons jusqu'au bout! » pensa-t-il avec amertume. Et le lendemain il se rendit successivement dans les bureaux des divers chemins de fer qui aboutissent à Paris. Là, comme la veille, on l'examina, et, sous un prétexte ou sous l'autre, on le renvoya. La patience de Léon n'y tint pas. Il revint dans un violent état d'exaspération. Marie, avec sa douceur, réussit à le calmer. Elle avait ignoré ses démarches; la contrainte qu'il s'était imposée la toucha profondément.

— Vois-tu, disait-elle en pleurant à Léon, vois-tu, mon ami, Dieu t'aime : il a déjà rompu quelques-uns de ces liens d'orgueil qui t'enchaînaient. Laisse-le faire, mon bien-aimé; il veut ton âme, il saura bien la convaincre, il saura bien te forcer à l'aimer.

Et Léon s'apaisait insensiblement; il écoutait les prières, les réflexions de Marie; il commençait à la respecter autant qu'il la chérissait.

L'hiver arriva; M. et Mme Firmin ne possédaient plus les vêtements nécessaires pour se garantir contre le froid. Depuis longtemps, quand on mangeait on ne mangeait que du pain et des haricots bouillis, puis un peu de lait le matin. Les souffrances de la maladie se joignaient à celles, inouïes déjà, de la pauvreté. Marie ne pouvait coudre de suite : de temps en temps elle se jetait sur son lit afin d'y reprendre un peu de force, et ce n'était qu'après un moment de repos qu'elle se remettait à l'ouvrage.

Une toux continuelle, une voix altérée, une effrayante maigreur et la coloration foncée des joues, à laquelle succédait une pâleur mortelle, indiquaient chez Léon une grave perturbation intérieure.

La chambrette, qu'on avait rarement la force de nettoyer, les ustensiles, qui diminuaient chaque jour, tout portait les traces de la misère ; la poussière, le désordre, la saleté s'établissaient l'un après l'autre dans ce triste réduit.

Marie avait intercédé auprès de son mari, afin d'obtenir de lui la permission d'écrire la vérité à Mme Mandar ; Léon, sur ce point, était inflexible. Si nous avons réussi à rendre fidèlement son caractère, cela n'étonnera personne.

— Non, disait-il, je ne veux pas que tu inquiètes ta mère; elle est malade : tu la tuerais... Quant à Charles, que peut-il pour nous? Ne t'a-t-il pas parlé de ses embarras d'argent?...

— Il emprunterait.

— Emprunter pour nous soutenir à Paris? il ne le fera pas. Emprunter pour nous obliger à revenir, pour nous payer notre voyage... il s'y résoudrait peut-être, mais non pas moi. Revenir, revenir avec l'argent des voisins... non, Marie, non, jamais... j'aime mieux mourir.

Reste le docteur, dira-t-on. Pourquoi ne pas aller à lui, pourquoi ne pas lui tout avouer? Sur ce point l'opposition était plus forte : elle était invincible; et si Marie éprouvait le besoin d'implorer le pardon du médecin, Léon lui déclarait que le jour où Marie irait chez le docteur, où le docteur entrerait dans leur réduit, il s'enfuirait pour ne plus revenir.

Ni Marie ni Léon, d'ailleurs, ne se doutaient de la gravité de leur état; ils espéraient guérir et ils attendaient, soutenus par un reste d'espoir.

Pourtant il fallait manger; n'ayant plus rien à mettre en gage, on vendit les reconnaissances (1) du mont-de-piété qu'on possédait; les quelques francs qu'on en tira n'allèrent pas loin. Alors Léon, jadis si rebelle aux humiliations, dut se soumettre à l'une des plus cruelles; sans pain, sans bois, sans vêtements, il écrivit des suppliques dans lesquelles il peignit sa lamentable situation : il les adressa aux personnes dont le nom lui était parvenu accompagné d'une réputation de bienfaisance ou de richesse, et il les porta lui-même. Que de tortures eut à subir son orgueil ! Ici, on lui donnait une pièce de vingt sous; plus loin, le prenant pour un de ces mille aventuriers qui exploitent la charité de Paris, on lui exprimait une défiance blessante; le plus souvent on le renvoyait sans vouloir ni ouvrir ses lettres, ni l'entendre.

Quelques personnes compatissantes allèrent

(1) Billets au moyen desquels on peut retirer les effets déposés, en rendant la somme empruntée sur eux.

visiter son réduit, et trouvant la réalité conforme à ce que leur en écrivait Léon, elles lui envoyèrent à plusieurs reprises des aliments, du bois, un peu d'argent. Encouragé par leurs bontés, Léon leur adressa habituellement ses requêtes; mais il arriva ce qui arrive habituellement aussi dans une ville comme Paris, où chacun est assailli de demandes, où les moyens, si grands qu'ils soient, ont des bornes : les uns se lassèrent de donner, les autres, voyant que les prières se renouvelaient à chaque instant, donnèrent moins, et ces ressources, à l'aide desquelles le pauvre ménage avait atteint le milieu de février, ces ressources, les dernières, l'abandonnèrent, elles aussi.

On ne sait pas quelles douleurs amènent aux indigents chacun de ces tristes jours où ils sont obligés de tout attendre de la bonté, parfois, hélas! des caprices d'un riche; chacun de ces tristes jours où l'existence, la vie de ce qu'ils aiment le mieux au monde, est comme suspendue à la volonté d'un étranger, d'un indifférent!... On ne sait pas ce que c'est que de ne plus rencontrer que des visages dédaigneux, des visages fatigués de vous, des visages irrités; celui du boulanger las d'attendre, du propriétaire qui menace de vous chasser, du protecteur même auquel vous devenez à charge!

Marie trouvait d'immenses consolations dans la prière et dans la méditation. Dieu lui avait fait de grandes grâces; il lui avait montré son péché, mais il lui avait en même temps montré l'amour de Jésus, et Marie, prosternée aux pieds de son Rédempteur, portait, soutenue par Christ, le fardeau de ses douleurs, de sa pauvreté, mais non plus celui de ses fautes, qu'elle avait déposé devant la croix. Souvent elle pleurait de joie à la pensée de la miséricorde de son Dieu, de cette bonne Providence qui ne devait jamais l'abandonner. Elle lisait régulièrement les saintes Ecritures avec Léon; il n'osait plus prétexter de ses occupations; s'il n'ajoutait rien aux réflexions de sa femme, il les écoutait du moins, et une fois Marie l'avait surpris ouvrant lui même la Bible, lisant avec une profonde attention. Oh! comme son cœur s'était alors réjoui, comme elle avait remercié Dieu, comme elle avait admiré ses voies, comme elle avait compris que la douleur est bonne à l'homme, avec quelle ardeur elle avait demandé pour son cher Léon les bénédictions, toutes les bénédictions du Saint-Esprit!

La maladie s'aggravait; Marie ne quittait plus son grabat que pour quelques heures; il vint un jour où elle ne put pas se lever, et le soir de ce jour, ni Léon ni Marie n'avaient mangé. La pauvre femme disait qu'elle n'avait pas faim. Hélas! elle l'avait dit souvent, mais cette fois c'était vrai. Léon accablé, assis près de son lit, tenait les deux mains froides de sa femme et restait immobile; mais quand il vit que la fièvre, fièvre d'inanition, succédait à la faiblesse, que la tête de Marie s'exaltait, que ses paroles devenaient précipitées, incohérentes, il n'y tint plus. Hors de lui, il quitta la chambre en s'écriant : « Il faut qu'elle mange, il le faut! » Il se trouva dans la rue, sans savoir où il prendrait de la nourriture. Volerait-il?..... Cette idée le fit frissonner. S'exposerait-il aux refus du marchand voisin, son créancier? Il ne le pouvait; cet homme lui avait défendu de se présenter chez lui sans argent. Que faire?... elle succombe sous le besoin!... Alors Léon prit une résolution désespérée. « Mendie! » se dit-il, en enfonçant sa main sous son habit déchiré comme pour comprimer les dernières révoltes de son cœur, « mendie, orgueilleux; mendie! » Et, marchant au travers des rues, il arriva dans une place éclairée, où sans avoir la conscience de ce qu'il faisait, il suivit un homme dont la toilette annonçait l'élégance, puis murmura tout bas derrière lui : « Monsieur, ma femme meurt de faim..... ayez pitié de moi, donnez-moi quelque chose..... je vous en prie! » Le monsieur se retourna : « Vous mourez de faim? » demanda-t-il avec un demi sourire. « Hé! mon ami! c'est de soif qu'il faudrait dire peut-être! » Mais le réverbère éclairait en ce moment la pâle figure de Léon; et une si horrible souffrance s'y peignait, que le monsieur balbutia : « Pardon, » fouilla dans sa poche, en tira une pièce de vingt sous et la remit à Léon. « Du bouillon, du bouillon! » s'écria celui-ci sans songer à remercier. Dans le trouble de son âme, il s'était beaucoup écarté de sa pauvre demeure; il y rentra portant avec précaution une tasse de bouillon.

— Léon ! dit Marie en le voyant, tu m'avais abandonnée ! — Ses yeux brillaient d'un éclat effrayant; puis, apercevant la tasse : — A manger ! s'écria-t-elle avec une expression de joie qui déchira son mari. — Oh ! j'ai faim, j'ai faim, donne-moi donc à manger... vite !

Elle saisit la tasse que Léon soutenait ; mais après quelques efforts, elle retomba sur son oreiller, en murmurant faiblement : — Je ne peux pas, mon ami... cela s'arrête là...

Léon n'avait plus la force de parler. Par moments l'excitation de Marie redoublait ; alors c'étaient tantôt des prières ferventes, tantôt des mots sans suite; par moments la faiblesse surmontait la fièvre ; et Marie, épuisée, restait immobile, la tête rejetée en arrière sur son oreiller; mais quand, dans ses rêveries, elle parlait de sa mère; lorsque, se croyant de retour à Sauveterre, elle s'adressait à chacun des membres de sa famille, que de sa voix douce elle disait à Léon : « Vois-tu, mon ami, combien nous sommes heureux, combien Dieu nous a bénis ! Vois-tu notre jolie chambre, vois-tu notre petite fille, comme elle a l'air content; elle comprend qu'elle est chez elle!..... » oh! Léon à ces mots sentait son cœur se briser. « Malheureux! » se disait il, « c'est toi qui l'as tuée, c'est toi! » Il tombait à genoux, frappait de son front les froids carreaux, puis se relevant comme un désespéré : « Mais n'y aura-t-il pas, » s'écria-t-il, « n'y aura-t-il pas une âme assez compatissante pour nous arracher à la mort? »

Dans cet instant, le souvenir de la lettre que lui avait remise le pieux M. Dubois revint tout à coup à sa mémoire. Il regarda cette idée comme un signe de la pitié de Dieu, et c'en était un en effet.

Cette lettre si méprisée, cette lettre que jadis il ne voulait pas porter à son adresse, cette lettre devenait maintenant son unique espoir. « Oh! où est-elle? » balbutia-t-il en la cherchant, « j'irai; les personnes auxquelles me recommandait M. Dubois sont charitables, elles sont chrétiennes; je leur dirai : Venez, sauvez-la, sauvez-moi! Je leur raconterai mes fautes, j'accepterai leurs remontrances, je me soumettrai à tout; elles seront miséricordieuses. Oh! oui, elles le seront; elles soigneront ce pauvre ange, elles le rendront à la santé; elles lui feront revoir sa mère! » A cette pensée, une dernière convulsion d'amour-propre agita le cœur de Léon; mais, avec la grâce de Dieu, il refoula ce mouvement, et répéta d'une voix plus forte : « Oui, elles lui feront revoir sa mère! et moi aussi je retournerai à Sauveterre... ne fût-ce que pour y servir d'exemple à tous les orgueilleux qui abandonnent la simple carrière que Dieu leur a faite, pour courir après les fantômes de leur ambition! »

Cette lettre si désirée, Léon la trouva; il la trouva au fond d'un petit carton plein de vieux papiers. Il la tint un instant pressée contre lui, puis il l'éleva dans ses deux mains comme pour remercier le Seigneur, comme pour le prendre à témoin de ses résolutions.

La nuit était avancée, et le lendemain seulement Léon put quitter Marie, un peu plus calme, pour aller frapper à la porte des amis de M. Dubois.

CHAPITRE VIII.

CATASTROPHE.

A peine M. et Mme Germont eurent-ils lu cette lettre, à peine eurent-ils entendu le récit que Léon leur faisait d'une voix entrecoupée, qu'ils comprirent tout, comme si, pendant ces deux années, ils avaient suivi M. et Mme Firmin au travers de leurs illusions et de leurs déboires.

Ce n'était pas la première fois que des existences ainsi perdues par l'ambition et l'amour-propre se déroulaient devant eux. Depuis longtemps ils connaissaient tous les chapitres de ces lamentables histoires, que chaque année leur ramenait avec des circonstances à peu près pareilles, avec une fin presque toujours la même.

M. et Mme Germont, bien que dans l'aisance, étaient obligés de poser des limites à leurs œuvres de charité. Beaucoup d'indigents vivaient soutenus par leurs aumônes, et, tout en promettant à Léon leur protection, ils lui firent comprendre que, si cette protection pouvait l'arracher momentanément aux dernières horreurs de la misère, elle ne pouvait pas l'arracher complètement à cette misère elle-même. En même temps M. et Mme Germont firent goûter à Léon les consolations du christianisme le plus affectueux ; ils prièrent avec lui, et ne le laissèrent partir qu'après lui avoir remis tout ce qui était propre à soulager Marie.

Dès le jour même, Mme Germont alla voir les malheureux époux. Elle avait souvent visité la demeure du pauvre, mais rarement une maison aussi triste, aussi sale, aussi mal habitée s'était présentée à ses yeux. On y entrait par un corridor noir où l'air manquait, où des ordures se montraient à chaque pas, et qui aboutissait à un escalier plus sombre, plus fétide encore ; les marches en étaient dégradées, pourries pour mieux dire ; de petites portes donnaient sur chaque palier, et lorsqu'elles s'ouvraient, le regard se détournait avec dégoût du spectacle de désordre et de pauvreté qui s'offrait à lui.

Mme Germont parvint au cinquième étage ; elle entra dans le taudis qu'habitaient M. et Mme Firmin ; le poêle dans lequel brûlait le bois qu'elle avait envoyé le matin remplissait la chambre d'une fumée épaisse ; une fenêtre, pratiquée dans le plafond, laissait tomber quelques rayons de lumière au milieu de cette atmosphère opaque ; une chaise, une commode vermoulue, un mauvais grabat sur le bord duquel était assise Marie à peine vêtue, voilà tout l'ameublement de ce lieu de souffrances.

— Ah ! madame, vous êtes un ange consolateur ! s'écria Marie encore agitée par la fièvre. Vous riche, vous vous abaissez à entrer dans ce réduit infect !

Cet étonnement du pauvre, lorsqu'il reçoit une marque de bienveillance de la part des gens fortunés, affligeait toujours Mme Germont ;

il lui semblait être ce qu'il est en effet : un sanglant reproche contre l'égoïsme des heureux de la terre. Si le riche faisait son devoir, s'il visitait la veuve et l'orphelin, ainsi que l'ordonne l'Evangile, son apparition dans l'habitation des malheureux exciterait la reconnaissance de ces derniers, sans doute, mais elle ne les surprendrait plus.

Mme Germont se plaça près de Marie ; elle écouta son histoire où pas un mot de reproche contre Léon ne trouva place ; puis, suivant sa coutume, elle ouvrit la Parole de Dieu, lut quelques versets et les expliqua à voix haute. Oh ! comme ces bonnes exhortations, comme cette prière, comme ces passages de la sainte Ecriture consolèrent, fortifièrent Marie ! Tout cela descendait sur son pauvre cœur ainsi qu'une rosée rafraîchissante. Avoir trouvé des amis, des amis chrétiens, quelle grâce, quel signe de l'amour du Sauveur ! Aussi Marie le remerciait-elle avec ardeur ; elle éprouvait un bonheur immense à ouvrir son âme ; elle avait besoin de parler de ses fautes, de la grâce de Jésus, de la confiance qu'elle mettait en ce Christ mort sur la croix pour elle ; on voyait que le Saint-Esprit faisait son œuvre bénie dans ce cœur, et l'exaltation de la fièvre prêtait une nouvelle vivacité à ses expressions.

Léon écoutait silencieusement. De grands combats se livraient en lui ; tantôt il criait avec sa conscience : « Je suis un pécheur ! » et il éprouvait une forte envie de trouver, de connaître, lui aussi, le Sauveur des hommes ; tantôt des bouffées d'orgueil montaient dans son âme et obscurcissaient pour lui la vue de son état de misère morale, celle de la toute-puissante grâce de Dieu.

Mme Germont promit de revenir. Elle revint en effet. Tout allait tristement. Le mal de M. Firmin avait fait des progrès immenses, et Marie, faible, crachant le sang, demeurait immobile, assise ou plutôt affaissée sur une petite chaise près du poêle.

— Oh ! madame, s'écria-t-elle en voyant Mme Germont, tirez-nous de Paris, faites-nous partir, Léon y consent ; et si nous tardons, je crois que nous mourrons ici. — (La pauvre femme ne pensait pas dire si vrai). — Madame, reprit-elle avec un accès de toux, j'ai besoin de revoir ma mère... ma pauvre, ma bonne mère ! C'est elle, madame, ce sont ses soins si tendres qui me rendront la santé...

Mme Germont ne put retenir un profond soupir. — Si Dieu le veut, ajouta Marie avec un sourire plein d'angélique résignation. — Mais ma mère... voyez-vous, madame, ma mère priera si ardemment le Seigneur, qu'il l'exaucera peut être... Ma mère me pardonnera, ma mère m'ouvrira ses bras ; oh ! que je revoie son visage, que j'entende sa voix, que je respire l'air de mon pays !... — Et l'infortunée Marie retomba épuisée sans pouvoir achever.

Léon, dès les premières paroles, avait baissé la tête ; il la releva : — Oui, madame, — et la contraction de ses traits montrait assez quelle violence il se faisait à lui-même. — Oui, ayez pitié de nous ; faites-nous l'aumône de ce retour auprès de sa mère... Je suis un misérable, madame ; c'est moi qui ai tué ma femme ; je l'ai tuée par mon ambition... Elle travaillait, elle me nourrissait, elle passait parfois les nuits, elle ne mangeait pas, de peur de diminuer ma portion ; et moi... moi je l'ai forcée à rester ici, à y rester souffrante, sans pain, sans ouvrage, dans les larmes !... Il n'y a point de pardon pour un tel crime.

Mme Germont allait parler, mais Marie ne lui en laissa pas le temps.

— Point de pardon, Léon! oh! ne blasphème pas! Le Seigneur n'est-il pas venu *chercher ce qui était perdu?* Est-il mort pour les justes ou pour les injustes? A-t-il demandé autre chose aux hommes que de croire en lui? Léon, oublies-tu le brigand sur la croix, oublies-tu la réponse que lui fit Jésus?.....

— Madame, ajouta-t-elle en se tournant vers Mme Germont, ne le croyez pas : je suis aussi coupable que lui; comme lui j'ai été séduite par la vanité, je l'ai entraîné moi-même. Oui, Léon, nous sommes tous deux pécheurs, nous étions tous deux perdus, mais tous deux nous sommes graciés, tous deux nous serons sanctifiés; tous deux, mon bien-aimé Léon, nous aurons part à la gloire éternelle.

Après quelques instants de conversation, de lecture et de prière, Mme Germont annonça qu'elle amènerait un médecin, et que, s'il le permettait, le voyage se ferait.

— Ne tardez pas, reprit Marie, nous sommes bien faibles. Avant-hier le soleil brillait, et nous, le cœur réjoui par votre visite, nous essayâmes d'aller jusqu'au marché aux fleurs pour respirer un air pur ; nous espérions que la vue de ces belles plantes, que ces parfums si doux nous égaieraient; il y a dix minutes d'ici à la place du marché ; eh bien, madame, nous avons mis *une heure* pour revenir. Nous pouvions à peine nous traîner ; Léon me donnait le bras, mais je le soutenais plus qu'il ne me prêtait d'appui ; de temps en temps nous étions obligés de nous appuyer contre un mur. Oh ! que le secours d'une main robuste et jeune nous aurait fait plaisir ! Hélas! madame, il en passait, des jeunes gens ; on nous regardait, on s'arrêtait même pour voir comment nous nous tirerions d'affaire, mais personne n'a offert de nous soutenir. Léon pleurait et dévorait ses larmes, moi je priais le Seigneur de nous tendre ses bras ; il l'a fait, madame, car nous avons pu remonter ici..... mais cette épreuve nous a brisés.

Le médecin vint dans la journée ; il examina les malades, secoua la tête, et dit en secret à Mme Germont que tous deux étaient atteints d'une mortelle affection de poitrine. Il ne pouvait préciser à quel degré se trouvait le mal ; mais ce dont il était certain, c'est que si M. et Mme Firmin ne partaient pas dans cinq ou six jours, au plus tard, le voyage deviendrait impossible.

On se hâta, on retint des places à la diligence, on fit des préparatifs de départ que la pauvreté des voyageurs rendait courts, et la veille du jour où le pauvre ménage devait quitter Paris, Mme Germont vint s'assurer que tout était en règle.

Elle frappe ; au lieu des pas de Léon, elle entend un faible : « Entrez. » Elle ouvre la porte, personne debout ; ses regards se portent vers le grabat : les deux époux y étaient couchés.

— Cela va donc plus mal... vous ne pouvez donc partir ! s'écria-t-elle avec douleur.

— Chère madame, répondit Marie de sa douce voix, nous sommes plus faibles, voilà tout. Hier, Léon, qui descend tous les matins pour chercher notre lait, n'a pu remonter seul ; voyant qu'il tardait plus qu'à l'ordinaire, j'ai prié une voisine d'aller à son secours ; elle l'a fait, mais elle m'a dit que c'était pour la dernière fois, qu'elle ne pouvait perdre son temps à mon service, et que si je voulais qu'elle allât prendre mon lait en bas, je devais lui donner un sou chaque jour.... C'est trop cher pour nous ; ce matin encore Léon a essayé de descendre; il était à peine au bas de la seconde rampe qu'une défaillance l'a saisi ; il ne remontait pas, je me suis traînée jusqu'à lui, nous sommes revenus à grand'peine, nous avons senti le frisson et nous voilà.

Mme Germont comprit toute la gravité de la situation ; elle sentit qu'on ne pouvait pas abandonner ces pauvres êtres à eux-mêmes. Une dame de ses amies se joignit à elle pour subvenir aux dépenses qu'exigeait l'état de plus en plus alarmant de M. et de Mme Firmin ; on établit auprès d'eux une garde-malade pieuse qui veillait pendant la nuit, tandis que la femme de chambre de Mme Germont, jeune personne dont le cœur était ouvert aux vérités de l'Evangile, les soignait durant le jour, préparait les remèdes, faisait leur lit, nettoyait leur misérable chambre.

Ah ! quelle reconnaissance remplissait alors le cœur de Marie ; comme ces soins touchaient

Léon! Quand Mlle Elise balayait ce pauvre taudis, affrontait la saleté, la vermine, hélas! dont il était infecté; lorsque, soulevant doucement la tête des malades, elle leur présentait à boire; lorsque, les soutenant dans ses bras, elle arrangeait leur couche de douleur; oh! alors, Marie la suivait d'un œil humide des larmes de la gratitude, et Léon parfois serrait cette main bienfaisante en disant un *merci* qui émouvait profondément l'humble servante de Christ.

M. et Mme Firmin parlaient constamment de leur voyage; ils ne s'apercevaient pas que chaque jour en éloignait la possibilité. Mme Firmin, chez laquelle l'amour du Sauveur faisait de rapides progrès, cessa peu à peu de s'attacher à l'idée de revoir prochainement sa famille. Elise n'entretint aucune illusion chez elle; dès que le danger lui parut imminent, elle s'efforça de diriger les pensées des malades vers cette vie éternelle, où *toutes larmes seront essuyées* des yeux des rachetés. Marie la comprit; elle parlait beaucoup de son enfant, beaucoup de sa mère, peu du retour. Léon, au contraire, se cramponnait à cet espoir avec une sorte d'opiniâtreté; on eût dit que la réunion de Marie à sa famille dût le décharger de son péché. Il écoutait les prières d'Elise, il écoutait celles de Marie, ses citations des saintes Ecritures, les douces exhortations qu'elle lui adressait; mais ces mots : « *Tu partiras, nous irons, je te ramènerai,* » revenaient sans cesse sur ses lèvres. Pauvre Léon! nul ne pourra décrire les angoisses de son cœur; la vérité y pénétrait en partie; il sentait que le mal était grave, que sa Marie lui échapperait peut-être; et tout ce qu'elle avait souffert, ses veilles, sa faim, sa patience, tout se représentait à lui si vivant, si horrible, que parfois des larmes inondaient son visage. Alors la douce main de Marie venait chercher les siennes; avec sa voix consolante, elle lui récitait quelques beaux versets des Psaumes, et du fond de son âme à lui, de son âme déchirée, mais pas encore soumise, s'élevait pourtant une prière fervente : « *Mon Dieu, aie pitié de moi, qui suis pécheur!* »

Le médecin, depuis deux jours, avait ôté tout espoir à Mme Germont.

Un dimanche matin, Elise vint remplacer la

garde, Marie l'appela : — Je me sens mal... plus mal, dit-elle; priez... mais avant, écoutez.... Je vous recommande ma fille.... et puis.... j'ai un poids sur le cœur.... je voudrais voir le docteur N*** et lui demander pardon.... Vous irez.... vous lui direz qu'une pauvre mourante....

— Mourante! cria Léon ; non, Dieu ne peut pas... Dieu... — Marie le regarda, il se tut; elle n'avait presque plus la force de parler. — Mon ami, reprit-elle avec peine, Dieu est mon Sauveur... le tien... le tien aussi, Léon.

Puis elle retomba sur l'oreiller.

Elise priait silencieusement.

— A haute voix! murmura Marie.

Elise obéit; elle recommanda ces âmes précieuses à Jésus, à Jésus, *seul chemin*, *seule vérité*, *seule vie;* elle demanda au Saint-Esprit, à ce *Consolateur* promis, de les soutenir dans le dernier combat. Un soupir se fit entendre.... Marie n'était plus. Ses mains restaient jointes; son visage paraissait calme comme celui d'un ange; un sourire de bonheur semblait avoir entr'ouvert ses lèvres...

— Vous vous arrêtez, balbutia Léon, en regardant Elise avec une sorte d'effroi.

Elle ne put répondre; il se tourna vers Marie, prit ses mains, la contempla sans parole, comme égaré, puis il se cacha la tête sous les couvertures, et l'on n'entendit plus que des sanglots convulsifs.

Oh! misère! là! côte à côte, sur la même couche, l'une expirée, l'autre près de rendre le dernier soupir!

Deux heures s'écoulèrent avant qu'on pût trouver un lit pour déposer ce pauvre corps, deux heures pendant lesquelles il demeura près de Léon désespéré.

C'était là le grand coup qui devait briser la dureté de son cœur. Quand il vit cette immobilité, ce sourire; quand il appela sa douce Marie et qu'elle ne lui répondit plus, ses remords, qui l'avaient déchiré, mais non pas humilié jusqu'au fond de l'âme, ses remords le jetèrent presque sans vie au pied de la croix. Il n'avait pas encore la force de regarder au Sauveur; mais Elise et Mme Germont ne cessèrent d'appeler le Seigneur à son aide, jusqu'à ce qu'il l'eût pris dans ses bras.

Tous les préparatifs se firent sous les yeux de Léon. Pas un voisin n'eût voulu prêter un petit coin de son appartement pour y déposer les restes de Marie; d'ailleurs, ils n'y eussent peut-être pas été entourés du respect qu'on leur devait. Deux jours ce corps demeura dans la même chambre, puis on apporta le cercueil, et Léon, avec des larmes qui inondaient ses joues enflammées par la fièvre, vit partir la mortelle dépouille de sa compagne bien-aimée.

Son état empirait rapidement. Elise redoublait de soins, de prières; par moments, on eût dit que Léon saisissait les promesses de Jésus, par moments, qu'il les laissait échapper. Dans son délire il demandait sa fille, le vivant souvenir de sa Marie; puis, il croyait guérir et s'informait de la place où reposait sa compagne.

Sur ces entrefaites, la nourrice de la petite Firmin, qui depuis si longtemps ne recevait plus de paiement, arrivait à Paris, et, à force de recherches, parvenait à trouver la demeure de Léon. C'était à l'instant même où il parlait de son enfant que cette femme entra, portant la pauvre petite. Léon la reçut dans ses bras amaigris ; il couvrit ce frais visage de ses baisers. — Vois-tu, disait-il à son enfant effrayée, qui cherchait des yeux la nourrice, vois-tu, nous irons ensemble sur la tombe de ta mère ; nous prierons là ; je te ramènerai à Sauveterre, je ne t'abandonnerai pas ; va, je ne te ferai pas mourir de faim, toi...

Le dernier jour arriva ; Léon parut se calmer. Plusieurs fois pendant la nuit, il demanda qu'on lui lût les saintes Ecritures et qu'on priât. La garde-malade qui veillait près de lui raconta que ses mains étaient jointes. Vers six heures du matin sa tête s'embarrassa, l'agonie s'empara de lui, et il venait d'expirer lorsque Elise entra.

Cette chambre, qui avait vu partir le corps de Marie, vit encore les mêmes scènes, le même départ, *à trois jours de distance.*

M. et Mme Germont assistèrent à la dernière cérémonie. On descendit le cercueil, et, dans la maison, les gens qui, trois jours auparavant, avaient curieusement regardé cette bière emportée par deux hommes, sortirent encore sur le seuil de leurs portes pour suivre du même regard indifférent le même solennel spectacle.

La curiosité satisfaite, chacun rentra chez soi; personne ne parut comprendre que, dans cet événement, il y avait un avertissement pour tous, et que la mort des habitants de la chambrette était un message de l'Eternel aux vivants qui restaient dans la maison.

On renvoya la petite Firmin à sa grand'mère. Nous ne décrirons pas les souffrances morales de Mme Mandar : *ses cheveux blancs descendirent avec douleur au sépulcre.*

Quant à la pauvre petite fille, elle ne survécut que d'une année à ses parents. Mise au monde par une mère déjà gravement malade, ayant sucé un lait qu'altéraient les souffrances de celle-ci, elle avait en elle des germes funestes qui se développèrent vite et qui l'emportèrent.

FIN.

TABLE DES CHAPITRES

CONTENUS DANS CE VOLUME.

FIN DE LA TABLE.

TOULOUSE. — IMP. A. CHAUVIN ET FILS, RUE DES SALENQUES, 28.

SE TROUVE :

A TOULOUSE,

Chez Paul Lagarde, libraire, rue Romiguières, 7.

A PARIS,

Chez Grassart, libraire, rue de la Paix, 2.
Chez Chastel, libraire, rue Roquépine, 4.
Chez Paul Monnerat, libraire, rue de Lille, 48.
Chez G. Fischbacher, libraire, rue de Seine, 33.

A STRASBOURG.. Chez Vomhoff, libraire;
Chez Treuttel et Wurtz, libraires.
A NIMES. . . . . Chez Lavagne-Peyrot, libraire.
Chez B. Garve, libraire.
A MARSEILLE.. . Chez Lebon, libr., rue Paradis, 43.
Chez Tourn, rue de la République, 38.
A MONTPELLIER. Chez Poujol, libraire.
A CASTRES. . . . Chez Bonnet, libraire.
AU HAVRE. . . . Chez Poinsignon, libraire, pl. de l'Hôtel-de-Ville, 10.
A BORDEAUX.. . Chez Feret et Fils, lib., cours de l'Intendance, 15.
A LONDRES. . . . Religious Tract Society, 56, Paternoster Row.
A GENÈVE. . . . Chez A. Cherbuliez, libraire;
Chez E. Beroud et Cie, libraires;
A LAUSANNE. . . Chez Imer et Payot, libraires;
Chez L. Meyer, libraire;
Chez F. Rouge, libraire.
A NEUCHATEL. . Chez Delachaux et Niestlé, libraires.
A BERNE. . . . . . Société évangélique.
A VEVEY. . . . . Chez B. Caille, libraire.
A BRUXELLES. . Librairie de la Société évangélique, rue Saint-Jean, 33.
A AMSTERDAM.. Chez Feikema et Cie, libraires.

www.ingramcontent.com/pod-product-compliance
Lightning Source LLC
LaVergne TN
LVHW012006220826
846092LV00001B/252
* 9 7 8 2 3 2 9 7 7 7 8 6 3 *